가자！재래시장으로！
一起去傳統市場吧！

傳統市場：MOOKorea 慕韓國. 第 3 期 = 재래시장 /
EZKorea 編輯部著；吳采蒨, 陳靖婷譯. -- 初版. -- 臺北
市：日月文化出版股份有限公司, 2023.05
128 面；21*28 公分. -- （（MOOKorea 慕韓國；3）

ISBN 978-626-7238-67-7（平裝）

1.CST: 韓語 2.CST: 讀本

803.28   112003990

MOOKorea 慕韓國 03

傳統市場：
MOOKorea 慕韓國 第 3 期 재래시장

作　　者：EZKorea 編輯部
企劃編輯：凌凡羽、郭怡廷
韓文撰稿：田美淑、趙叡珍
韓文翻譯：吳采蒨、陳靖婷
內頁插畫：鄭開翔、見見插畫 jianjian Illustration、阿宛 Awan、方雯瑩 Vicky Fang
內頁圖片：Shutterstock、Unsplash
封面繪圖：鄭開翔
封面設計：Bianco Tsai
版型設計：Bianco Tsai
內頁排版：唯翔工作室
韓文錄音：柳廷燁、趙叡珍
錄音後製：純粹錄音後製有限公司
行銷企劃：張爾芸

發 行 人：洪祺祥
副總經理：洪偉傑
副總編輯：曹仲堯
法律顧問：建大法律事務所
財務顧問：高威會計師事務所

出　　版：日月文化出版股份有限公司
製　　作：EZ 叢書館
地　　址：臺北市信義路三段 151 號 8 樓
電　　話：(02) 2708-5509
傳　　真：(02) 2708-6157
客服信箱：service@heliopolis.com.tw
網　　址：http://www.heliopolis.com.tw/
郵撥帳號：19716071 日月文化出版股份有限公司

總 經 銷：聯合發行股份有限公司
電　　話：(02) 2917-8022
傳　　真：(02) 2915-7212
印　　刷：中原造像股份有限公司
初　　版：2023 年 5 月
定　　價：400 元
I S B N：978-626-7238-67-7

編輯室報告

　　「出國」這件事，從古至今都是相對奢侈的行為，但或許我們不曾想過，有一天視為理所當然的出入國境會不再自由，甚至需要天時、地利、人和才能達成。這兩、三年的疫情時光，說短不短，我們已不自覺養成戴口罩的習慣；說長不長，一眨眼身邊的人已經重啟國外旅遊。

　　去年10月解封後，我有幸前往韓國跨年及過年，除了把握時間品嚐美食、體驗久違的異國氛圍，也走進過去不曾細細品味的韓國傳統市場。旅行前，編輯部陸續收到本期撰稿老師的稿件，這些美食與市場的介紹內容，促使我安排了好幾間傳統市場的行程，且這些「第一手資料」在旅途中不時浮現。越了解就越好奇，你說這是職業病也好，是愛韓國的濾鏡也罷，有了這些市場的背景知識，我的接收器變得更加敏銳，也因此體會到不同於以往，更深度的趣味。

　　如同本期〈走進韓國傳統市場〉此篇的作者蘭妮小姐所說，韓國的市場有大有小、形形色色，但共同點就是「規劃明確」。不論是首爾的大型熱門市場，還是江原道的小型地方市場；不論是爬樓梯、坐電梯遊覽整棟式市場，抑或穿梭在架有頂棚的巷弄市場，它能提供你遮風、避雨，甚至躲雪的空間。走近市場攤販，旁邊站著幾個素昧平生的路人，一同圍著鐵鍋吃魚板、喝熱湯，再點份辣炒年糕配血腸，不管多寒冷的冬天也能溫暖起來。若你曾現場體驗，你會了解那股人我距離變得靠近的美好。

　　這一期《傳統市場》囊括了對許久未見的韓國的思念之情，你可能會藉由第一章的美食介紹，勾起曾經在某個市場的味覺記憶；透過第二章的市場對話情境，這些實用的單字及句型，或許你能運用在不久後的韓國旅行；第三章〈市場觀點〉提供的知識庫，能更大程度擴張你的感官，說給別人聽也好，累積在頭腦裡也行，這些市場故事，會在某一天與實際經歷結合，轉化成更美好的體驗。最後，我們也準備了你可能會好奇的韓國市場相關議題，包括台韓市場的差異，以及可能曾經聽過卻不了解的「定期市場」等。希望不管抱持什麼想法打開這本書的你，都能滿載而歸。

　　「市場」這個場域，是由在該處發生的種種對話、行為所組成，亦為當地人日常生活的展現，你可以在這裡觀察韓國人最真實的「市場使用方式」，也能親自體驗台韓市井文化的差異。不論你是想要去韓國、準備去韓國，或者已經去過韓國，「市場」都會是你下一次旅行計畫的絕佳選擇。

　　跟著我們，來一趟韓國傳統市場之旅吧！

本期編輯 凌凡羽

MOOKorea

VOL .003

傳統市場
재래시장

目次

Part.1
오프닝 Opening

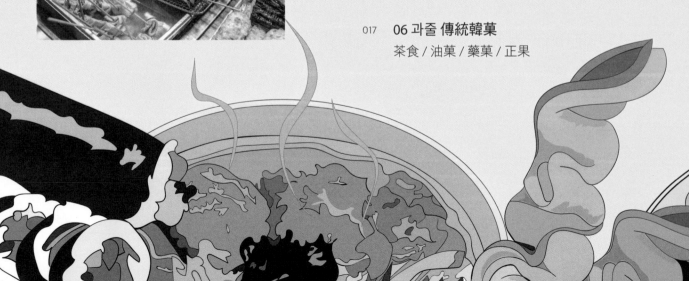

가자！재래시장으로！

Part.2
대화 Conversation

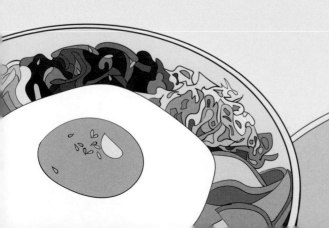

Part.3
관점 View

Part.4
생활 Life

線上音檔 QRCode

線上音檔使用說明：
(1) 掃描 QRCode → (2) 回答問題→
(3) 完成訂閱→ (4) 聆聽書籍音檔。

오프닝

Opening

01

本章節邀請你一起走入韓國傳統市場，感受當地氣氛，看看市場裡常見的美食與用品，到市場邂逅最真實美好的韓國。

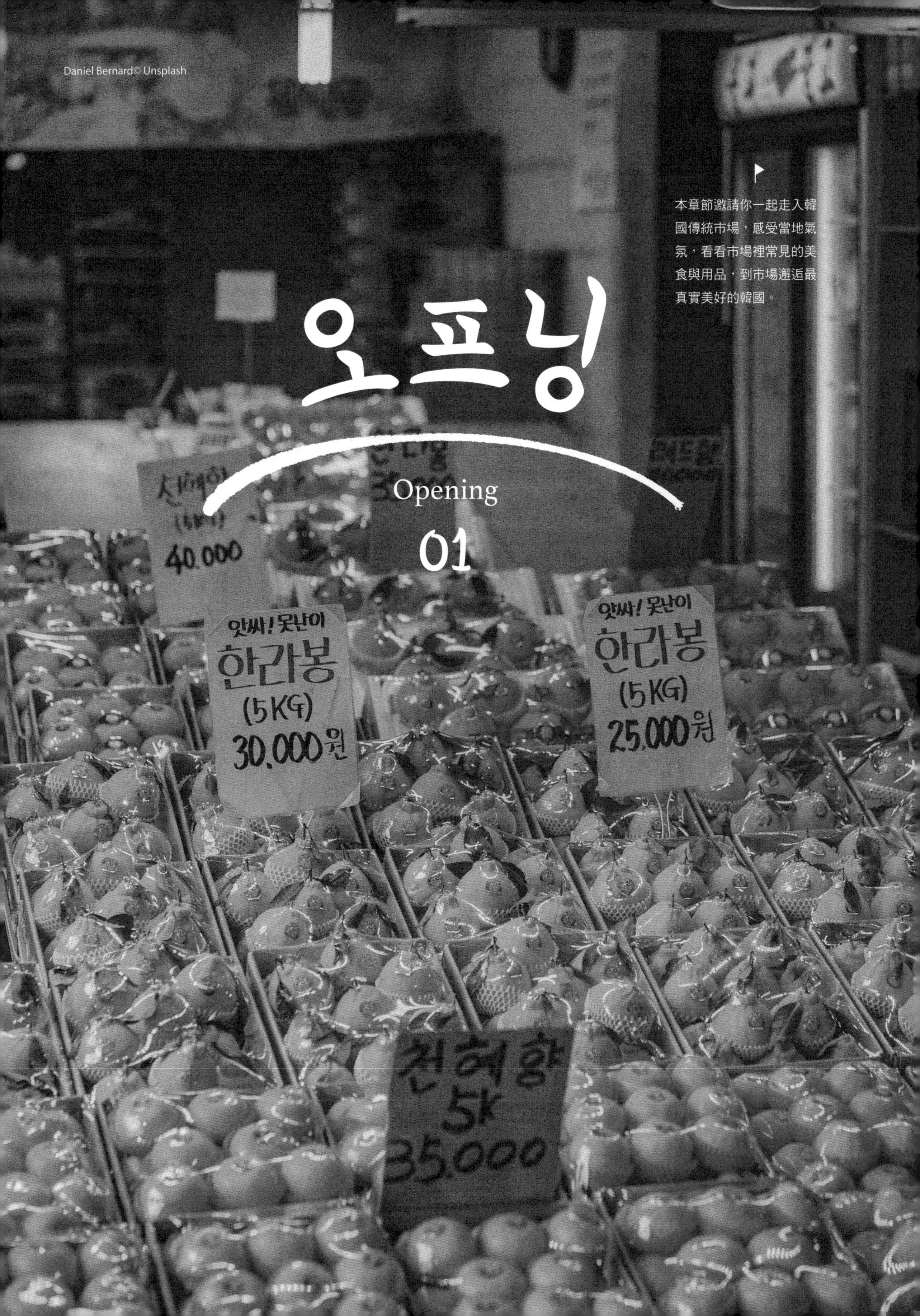

40.000
앗싸! 못난이
한라봉
(5KG)
30.000원
앗싸! 못난이
한라봉
(5KG)
25.000원
천혜향
5k
35.000

Daniel Bernard© Unsplash

走進
韓國傳統市場

撰文者————蘭妮小姐

「어서 오세요!（歡迎光臨！）」

走進韓國傳統市場，耳邊傳來阿朱媽的爽朗招呼聲；映入眼簾的是鐵板上油滋滋的綠豆煎餅、紅通通的辣炒年糕、清蒸血腸的熱氣白煙；鼻子聞到空氣中混雜辛奇、大醬湯和紫菜飯捲的麻油香氣。

無論懂不懂韓語，上述的感官體驗，幾乎在韓國每一個傳統市場都能感受得到。

回首過去十多年，我以旅人、外籍打工仔和記者等不同身分，體驗過韓國幾個特色傳統市場，其中包含首爾的廣藏市場、通仁市場、南大門市場和大邱西門市場等等。穿梭在韓國傳統市場當中，以我台灣人的視角，看到了一些有趣的韓國特色。

百年市場魅力！
空間寬敞、乾淨又整齊

先聊聊位於首爾的廣藏市場，它成立超過100年，是首爾最大、歷史最悠久的市場，內有超過五千間店家，一直都是許多外國觀光客的「To do list」上，想要造訪的口袋名單之一。我第一次去的時候是觀光客身分，當時不是為了吃美食，而是為了買網友口耳相傳、「Made in Korea」的棉被。

我記得當時一走進市場，驚覺裡頭大到超乎我想像，很擔心迷路，幸好跟隨網友部落格文章指示，我很快地找到市場內的棉被店，才發現這裡不只一間店賣棉被，而是好多好多間，每一間都有獨特花樣，選擇多、價格實惠。事實上，它們不是所謂的觀光名店，而是韓國當地人也經常光顧的普通店家，老闆看到我們是語言不通的外國人，並沒有因此哄抬售價，把我們當肥羊宰，反而非常好心地幫我們裝袋打包。

廣藏市場什麼都賣，什麼都不奇怪，腹地雖大卻井然有序，規劃得相當完善。基本上，賣吃的是一區，賣青菜、醃漬品的在另一區，以此類推，賣生活日用品的和賣生鮮食品的，絕對不會在隔壁攤。後來我到了大邱的西門市場，也驗證了這一套「韓國傳統市場的營運模式」，和台灣的市場很不一樣。

西門市場最早在1920年代設立，後來移到現址。市場入口進來，中間幹道主要是小吃攤，賣衣服雜貨的店家則在走道左右兩旁。當時特別引起我注意的是，市場一樓設置了類似公車站牌的標示牌，這一攤賣的是辣炒年糕還是血腸，都寫在牌子上，一目了然。再走進市場深處的建築物，隨著樓梯上去，看到店家販售許多布料相關製品，包括綢緞、童裝和男女服飾等等。往下走到地下一樓則是美食街，用餐區寬敞舒適、乾淨明亮，和百貨公司有得比。

對了！西門市場還設有冷暖氣設備，逛起來冬暖夏涼，另外還有大型停車場等便民設施。值得一提的是，西門市場入夜後會變身為西門夜市，各色攤車整齊地排在同一側，另一側留白，讓遊客輕鬆閒逛，有時還會安排露天演唱表演，搭配浪漫燈光，遊客能坐著欣賞，非常愜意。

市場美食都一樣？
不易踩雷，伴隨濃濃人情味

去過韓國傳統市場的人，或許會覺得賣的食物都差不多那幾樣，辣炒年糕、血腸、煎餅、紫菜飯捲等等，小吃類別似乎不像台灣多樣化，這是真的，但這就是韓國人的日常。

我個人的經驗是，這些平民美食不易踩雷，隨便找一家都好吃，但若真的想找「保證好吃」的店家，請認明「원조（元祖）」二字，只要招牌上有它，就是韓國老店的同義詞。另外，也可以注意「마약（麻藥）」這兩個字，麻藥是形容會讓人上癮的東西，例如：麻藥飯捲、麻藥雞蛋等等，口齒留香，讓人吃了還想再吃。

另一個訣竅，當然就是看哪間排隊人多，就去哪間。像我在西門市場遇到一攤，專賣樹葉造型煎餃的老店，攤位前方不時有長長人龍，我好奇靠過去看一下，發現不得了！牆上居然掛著前南韓總統朴槿惠造訪的合影。儘管是隱身在市場裡的「總統級美食」，老闆態度仍是相當謙虛，一邊忙著打包外帶給客人，一邊接受我們訪問，讓我留下深刻印象。

還有一個關於傳統市場的小故事，某一年我到韓國採訪一位知名主廚，我們相約在廣藏市場碰面。當時我想要拍攝一段「韓國主廚帶你逛市場」的畫面，造訪了一間專賣韓國醃漬小菜的店家，一邊拍攝一邊試吃，NG了好幾次，影響了一點店家做生意的空間，結果老闆不但沒有不高興，還端出了兩杯現泡柚子茶，讓我們暖暖身子，當下真的感受到濃濃人情味，暖了身也暖了心。

有人說「認識一個城市最好的方法，就是走進當地的傳統市場」，我相當認同，因為市場就是城市生活的縮影。想了解韓國文化、學習韓文、結交韓國朋友，不妨先從走進韓國傳統市場開始吧！가자！

撰文者簡介｜蘭妮小姐

本名林芳穎，因喜歡 Super Junior 開始學韓文，曾旅居韓國擔任新創公司行銷經理，現職資深國際新聞記者、Podcast 節目《韓國話匣子》主持人。

FB　Hallo Laney 蘭妮小姐

01
국민 음식
國民美食

● 김밥／마약김밥　紫菜飯捲／麻藥飯捲

紫菜飯捲與日本海苔壽司不同，最大差異，在於飯裡加的是鹽和香油，而不是醋，且飯捲內餡變化相當多樣，從鮪魚、起司、豬排到五花肉，都能包進飯捲裡。便宜又美味的紫菜飯捲，是每個傳統市場都能找到的小吃。除了紫菜飯捲外，店家通常會一同販售辣炒年糕、炸物或炸豬排等餐點。廣藏市場知名小吃之一的麻藥飯捲，雖然用料看似單調，只有調味過的米飯和紅蘿蔔、醃黃蘿蔔，但飯捲本身香氣搭配特製芥末醬料，讓人忍不住一口接一口，因此有「麻藥」之稱。

● 충무김밥　忠武飯捲

忠武飯捲是慶尚南道統營的代表飲食，統營曾被稱為忠武，因而得名忠武飯捲。與一般紫菜飯捲不同，忠武飯捲的飯與內餡是分開端上桌，將飯用沒有抹上香油的紫菜捲成手指粗大小，搭配涼拌魷魚與蘿蔔辛奇，利用牙籤一同食用。關於忠武飯捲的由來，據說是昔日當地婦人為出海捕魚的丈夫所準備的午餐，由於韓國南部氣候相對溫暖，一般紫菜飯捲容易變質、酸腐，因此發展出這種將飯與內餡分離的飯捲形式。

● 떡볶이　辣炒年糕

現在大家熟悉的辣炒年糕，都有加入辣椒醬，這是韓戰過後才有的作法，由新堂洞的馬福林奶奶首創，因此加辣椒醬的辣炒年糕，在北韓幾乎是看不到的，而新堂洞當地也發展出一整條新堂洞辣炒年糕街。辣炒年糕的糕體有兩種，分別是麵粉製的「밀떡」和米製的「쌀떡」。「밀떡」較容易吸附湯汁入味，且不易膨脹，街頭攤販經常使用，「쌀떡」外觀較粗、更有嚼勁，但不適合久煮。兩種年糕各有特色，有機會不妨嘗試看看自己比較喜歡哪一種吧！

● 어묵／오뎅　魚糕／魚板

在韓國，用碎魚肉製成的食物，主要有魚糕（어묵）和魚板（오뎅）這兩種，魚糕是韓國固有，指碾碎的魚肉加上其他材料捏製而成；而魚板源自日本，是指串成長串的魚板，與高湯、蔬菜、雞蛋一起煮。魚糕、魚板成為韓國國民美食，主要受到日治時期影響，過去釜山、木浦、南海等港口都市有很多日本人居住，許多工廠開始製作日本人愛吃的魚糕、魚板。光復後，工廠大多仍持續運作，魚糕、魚板就逐漸演化為韓國料理的一部分。

● 만두떡국　餃子年糕湯

年糕湯是韓國春節正月初一必吃的料理，祭祀後，家人會聚在一起享用，而後向父母和長輩拜年，就算是不祭祀的家庭也會吃年糕湯，年糕湯如今已成為十分普遍的料理，即使非春節期間也經常食用。年糕湯裡的年糕，是由長條年糕（가래떡）切片而來，又白又長的長條年糕，象徵著純粹和長壽，而正月初一吃年糕湯，則有長了一歲的意味。近年來，年糕和餃子混合的餃子年糕湯也很受人們喜愛，據說是受到韓戰以前，北方人喜歡在正月吃餃子湯的風俗所影響。

● 빈대떡／녹두전　綠豆煎餅

綠豆用水浸泡後去皮磨粉，加入肉、蔬菜、辛奇等做成麵糊，煎成金黃酥脆的煎餅，是不可錯過的美食小吃之一。然而，綠豆煎餅原本被視為窮人的食物，由來說法不一。一說是宮廷祭祀時，為了讓燒烤肉品看來更豐盛，便將綠豆煎餅墊在下方，後來窮人想嘗肉味，就用剩餘肉渣和綠豆粉製成餅，於是被稱為貧者餅（빈자떡）。另一說是首爾貞洞地區過去臭蟲（빈대）很多，被稱為臭蟲谷，同時這裡有許多賣貧者餅的商人，빈대떡的名稱也因此而來。

● 호떡　糖餅

糖餅其實源自中亞地區，透過絲路從中國傳至韓國，經過兩千多年的歷史，才逐漸成為現在的糖餅。韓文호떡中的호為漢字中的「胡」字，意指胡人，因此호떡即指胡人吃的餅。糖餅中最有名的，莫過於釜山南浦洞的堅果糖餅，韓戰時，避難民眾將各種穀物加入糖餅中，後來流傳下來，逐漸成為釜山的代表美食之一。韓國各地也有許多具當地特色的糖餅，如群山仲洞糖餅、牙山三色糖餅、唐津黃家糖餅等，口味多元。

● 잡채　炒雜菜

炒雜菜是將各種蔬菜和唐麵加入醬油、香油拌炒而成的料理，源自中國的炒菜。朝鮮時期，只用各種蔬菜、肉絲拌炒，不會加入任何調味料，而是另外提供醬油、醋醬蘸著食用。加入唐麵的炒雜菜，源於日治時期黃海道沙里院地區唐麵工廠的發展，而不加唐麵的炒雜菜，則屬全州的黃豆芽雜菜最具代表性。一直以來，炒雜菜都是相當費時費力的料理，因此，逢年過節或祭祀時，炒雜菜總是桌上的重點菜餚之一。

● 팥죽　紅豆粥

在韓國，紅豆粥是冬至的傳統食品，用紅豆、糯米粉熬煮後，加入鹽巴調味，有時也會加入小湯圓一起烹煮。冬至食用紅豆粥的習俗受中國文化影響，傳說共工氏的子女在冬至去世成為疫鬼，因此利用其生前討厭的紅豆熬成粥來驅趕。除了熬煮紅豆粥，在大門或醬缸臺撒紅豆、搬家或蓋新房時在屋內外撒紅豆粥，並與鄰居分享等等，都有驅魔、避邪意義。如今，紅豆粥也經常被當作午餐或點心，廣泛普及於常民生活中。

● 계란찜　蒸蛋

在黑色砂鍋裡膨脹的金黃蒸蛋，讓人垂涎欲滴。然而，蒸蛋在亞洲以外的國家並非普遍料理，較常見的是荷包蛋、雞蛋卷，或是布丁等。在韓國，烤肉店、生魚片店等餐廳，會將蒸蛋作為小菜提供給客人，而像是販售雞爪等辛辣食物的店家，也經常出現蒸蛋，因為完全相反的柔軟、清淡口味能抑制辣味。與日式蒸蛋相比，更注重咀嚼的口感，因此省略攪拌後過篩的程序，以直火煮熟、調好鹹淡即可，料理方式相當簡單。

02

고기
肉類

● 곱창구이　烤腸

烤腸分牛腸、豬腸兩種，除了腸類之外，還會搭配牛心、牛胃、牛肝等其他內臟一同食用。許多人排斥內臟，覺得這道料理太油膩，然而，烤腸特有的Q彈嚼勁，還是擄獲了許多忠實的支持者。過去肉品價格昂貴，烤肥腸是一般市井小民喜愛的食物，所以餐廳相對簡陋樸素，如今環境大不同，烤肥腸還比肉類更昂貴，餐廳裝潢也更加乾淨俐落。釜山、大邱等地都有烤腸一條街，喜歡吃內臟類的饕客們，絕對不能錯過。

● 고기구이　韓式烤肉

韓式烤肉，常用鐵板、銅板等食器來烤，主要分為豬肉和牛肉兩大類。豬肉最常食用的部位絕對是五花肉，調味豬肋排也是餐桌上常客；牛肉部位選擇較多，多種特殊部位的味道、口感都不盡相同。韓牛最佳產地莫過於江原道橫城，廣闊幅員、清淨空氣，讓牛肉鮮美又有嚼勁。把烤肉放在萵苣葉或紫蘇葉中，加入包飯醬及蒜頭後包起來吃最道地。為了凸顯牛肉的滋味，有時還會加入香油、粗鹽等清淡調味料。

● 닭한마리　一隻雞

一隻雞，主要集中於首爾舊都心鐘路、東大門等地區，是首爾地區形成初期出現的飲食，在其他地方很難找到。一隻雞名稱奇特，但起源不明，1970年代，許多急著吃清燉雞的客人們，常說「請給我一隻雞」，據說是因此得名。這道料理介於清燉雞（닭백숙）與辣燉雞（닭볶음탕）之間，湯底與清燉雞相同，雞肉處理方式則類似辣燉雞，將雞的每個部位切分後食用。事實上，外國人比韓國人更喜歡這道料理，東大門的一隻雞街，是外國旅客必訪之地。

● 순대　血腸

血腸，是將豬血灌入洗淨的豬腸，一般使用豬小腸，也有使用大腸的店家，加入冬粉的血腸也相當常見。通常在路邊攤或市場點血腸時，老闆會問你是否要附上豬內臟。全國八道隨著地方文化，也發展出富有地區特色的血腸，例如束草地區過去因貧窮無法購入豬腸，而以漁村隨手可得的魷魚代替，成為地區名產之一。就連蘸醬配料，都有各自喜好，首都圈喜歡使用辣椒粉和粗鹽，江原、慶尚北道喜歡蘸蝦醬，慶尚南道會蘸特製大醬，全羅道配上醋辣椒醬，濟州則是蘸著醬油一起吃。

● 육회　生拌牛肉

生拌牛肉，是用全生肉片與白糖、鹽、醬油、大蒜、香油、梨汁、生蛋黃等調味料攪拌而成，基本上以牛的後臀肉為主，而根據地區和餐廳不同，也會使用不同部位甚至不同肉類，例如光州和全羅南道地區，會用雞肉做生拌肉，主要使用雞胸肉料理。雖然大部分情況都是單吃生拌牛肉，但全羅道地區會與其他料理一起食用，全州和晉州會放到拌飯上，並配上牛肚和牛肝，光州和全羅南道，有將生拌牛肉與生章魚一起享用的吃法。

● 치킨　韓式炸雞

炸雞由駐韓美軍引進，1980 年代後開發出的調味炸雞，正式開啟了韓式炸雞的序幕。韓式炸雞知名連鎖品牌多來自大邱，是因為 1950 年代雞肉供應鏈集中於大邱、慶尚道地區，附近也有了解炸雞文化的美軍部隊。另有說法是，大邱、慶北地區的鄉土飲食相對缺乏特色，當地業者認為，炸雞是沒有地區色彩且具有競爭力的食物，因此積極開發，而後 Kpop 風靡全球，連帶將雞啤文化傳至全世界。2013 年開始，大邱每年夏天都會舉行炸雞啤酒節，吸引海內外許多旅客前往同樂。

● 닭발　雞腳

用調味料醃製後，與各種蔬菜一起烹炒，味道辛辣刺激，口感滋潤 Q 彈，經常作為下酒菜。不過，雞爪並沒有那麼受歡迎，許多韓國人都不太敢吃，因為他們很難接受雞爪的外型。由於挑骨頭、啃骨頭很麻煩，為了更方便食用，韓國雞爪分為有骨與無骨兩種，饕客可根據喜好選擇。有些地方會將剔骨雞爪不斷燉煮成膠質，像肉凍一樣，壓實冷卻凝固後切塊販售，對於忌諱雞爪外觀的人來說，這樣的雞爪料理是另一種選擇。

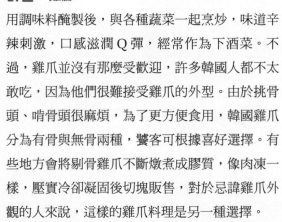

● 수육　白切肉

수육這個詞，其實就是熟肉的意思，這道料理，一般使用豬五花肉或豬頸肉烹煮，以前也會採用牛胸肉，但比較少見。白切肉是傳統聚會料理，通常人們會在醃完辛奇後煮上大量的熟肉，眾人分食共享，祭祀時，也一定會準備很多白切肉。多數人認為韓式白切肉就等於五花肉，其實不然，任何部位的新鮮豬肉，只要肥肉部分夠多，都可以用來做白切肉。以地域而言，五花白切肉主要是南部人比較喜歡，首爾人則比較喜歡豬頸白切肉。

● 떡갈비　年糕排骨

原是國王專屬的高級料理，因為啃骨頭有失禮教風範，所以做成容易食用的肉排，後來流傳至韓國各地。由宮中老人傳授的京畿道年糕排骨，形狀像是蒸糕一樣寬而扁平，特別有嚼勁。全羅南道是由流放的貴族們傳承下來，其中以宋希璟所傳的潭陽年糕排骨最有名，不摻任何雜肉，只使用從排骨上取下來剁碎的肉，得滲透進木炭香才夠味。光州松汀則有一條牛肉、豬肉各半的年糕排骨街，是 1950 年代崔處子奶奶開啟的一段松汀年糕排骨歷史。

● 족발　豬腳

韓戰時，大批難民湧入首爾獎忠洞，躲到日治時期結束後日本人留下的空房裡生活，自然而然形成難民村。為了生計，難民們將平安道的豬腳與中國的醬肉混合，於是有了現在的韓式豬腳，因此，今天說到豬腳，都會令人想起獎忠洞。1980年代之前，中國式八角香味的滷豬蹄還很常見，深褐色的皮肉，來自陳年醬油的染色，可見韓式豬腳受中國料理影響深遠。如今，因應韓國人習慣的口味，豬腳燉滷已減少香料使用，氣味亦有所減弱。

03
생선 요리
海鮮

● 간장게장　醬油蟹

醬油蟹是韓國五大名菜之一，是將生蟹浸入醬油、大蒜、辣椒中醃製而成。蟹肉軟嫩、口味鮮甜，加上滿滿蟹膏，相當適合搭配白飯與海苔，素有「偷飯賊」之稱，道地韓國老饕吃法，會將白飯放入蟹殼攪拌食用。據稱最早開始吃醬油蟹的時代，約在西元 1600 年左右，當時不僅使用醬油，還有酒、醋、鹽等多種醃製方法。一直以來，게장就是醃製蟹類的統稱，到了 1990 年代，為了和양념게장（調味螃蟹）區隔，才在게장前面加上간장（醬油）一詞。

● 산낙지　活章魚

這道料理雖名為活章魚，但只是生食，並非食用活體。章魚等軟體動物死亡後，神經還會持續反應一段時間，因此章魚腳會彷彿還活著一般不斷扭動。處理章魚時，會迅速去除內臟，並把章魚腳切成小塊，以白芝麻、香油調味。但章魚腳吸盤可能會吸住口腔或咽喉，有窒息的危險，因此食用時要特別注意、細細咀嚼，亦可多蘸些香油來潤滑。活章魚最常搭配燒酒，偶爾也能配啤酒，但不推薦和紅酒一起品嘗。

● 물회　水拌生魚片

過去，漁夫們為了在船上簡便解決餐食問題，會用辣椒醬或大醬拌生魚片，再加到水中直接灌飲，這是水拌生魚片的原型。到了 1960 年代，許福秀在浦項德山洞開了「嶺南水拌生魚片」，深受觀光客喜愛，被認為是現代水拌生魚片的元祖。這道料理，主要流行於江原嶺東地區和慶北東海岸地區。江原道習慣以魷魚加入高湯，拌辣椒醬吃；慶尚道地區，北道喜用辣椒醬，南道則偏愛大醬。濟州島也有水拌生魚片，鯛魚片或小卷拌大醬和蔬菜一起吃，是很受歡迎的夏季鄉土飲食。

● 꼬막무침　涼拌泥蚶

泥蚶屬貝類，生活在潮間帶至水深 10 公尺的泥海裡，主要產地是全羅南道寶城、順天、麗水等地。這道涼拌料理，是全羅南道的鄉土飲食，十二月至三月為其當季，其中又以二月產的口感最好。一般食用方式，是以鹽水使泥蚶吐沙後汆燙，蘸醬油或辣椒醬吃，早期是汆燙後即食，後來才慢慢演變成涼拌。全羅道金堤地區的涼拌泥蚶最為知名，將泥蚶與小蔥、胡蘿蔔、洋蔥、水芹等各式蔬菜拌著吃，味道更加豐富多元。

● 낙지볶음　辣炒章魚

韓國民間傳統認為章魚能補元益氣，現今營養學亦證實，章魚是高蛋白、低脂、低熱量的健康美食，因此成為了韓國人愛吃的海鮮之一。辣炒章魚是 1965 年由朴武順奶奶首創，當時的章魚便宜且常見，奶奶在光化門郵局旁的小巷裡，販售起辣炒章魚、蛤蜊湯和大蔥煎餅，香辣的炒章魚吸引許多愛酒客人，不久後陸續出現了「有情」、「美情」等辣炒章魚名店。此後，奶奶式辣炒章魚被稱「武橋洞章魚」，成為當地名產，延續至今。

04
면, 탕과 찌개
麵、湯與燉湯

● 냉면　冷麵

北方人在寒冷冬天會用冰辛奇湯泡冷麵吃，源自以冷治冷、以熱治熱的觀念。蕎麥為冷麵主要材料，其原產地可能是蒙古，於高麗時期傳至韓國，該時期麵粉珍貴，因此多使用蕎麥製作的麵條。冷麵主要分為平壤冷麵及咸興冷麵兩種，平壤冷麵是將蕎麥麵放入冷辛奇湯或高湯裡，咸興冷麵則是將玉米或地瓜澱粉製成的麵拌上辣醬，再加入斑鰩生魚片製成。現在說到冷麵，大家還是比較熟悉平壤冷麵。

● 짜장면　韓式炸醬麵

1883 年後，大量山東半島移民由仁川港進到韓國，帶來了他們的家鄉飲食──炸醬麵，1905年，仁川唐人街的「共和春」，成為第一家販售炸醬麵的餐廳。後來，根據韓國人的喜好，演變出含有多種材料及焦糖的春醬，因此，韓式炸醬麵口味更甜，添加豐富的水澱粉及碎蔬菜，口感更柔軟。搬家時要吃炸醬麵，是韓國當地發展出來的常民文化，因為過去外送不發達，沒有湯汁的炸醬麵較方便外送，因此成為搬家後的首選食物。2011 年 8 月 31 日，자장면及짜장면皆被公認為韓文標準語。

● 육개장　辣牛肉湯

韓國自古就有在三伏進補的習慣，以補償因盛夏酷暑流汗疲憊的身體。狗肉湯原是過去韓國進補首選，如今均已改用牛肉代替，會將牛肉撕成細絲，與蔬菜長時間燉煮，辣味、甜味適當融合，成為味道柔和的辣湯。辣牛肉湯本來是首爾的鄉土飲食，但比其他地方都熱的大邱也很喜歡吃。大邱地區的辣牛肉湯被稱為「대구탕」，這裡的「대구」既不是「地區大邱」也不是「海鮮鱈魚」，而是「大狗」的意思。

● 김치찌개　辛奇鍋

辛奇鍋是韓國非常普遍的一項傳統家庭料理。冬季儲存的醃辛奇，經過六個月低溫熟成後會變得酸軟，很難直接食用，這時，利用酸辛奇燉煮的辛奇鍋，味道絕佳。辛奇鍋是道很有效率的料理，除了作法簡單，還能依照個人喜好加入不同食材，例如豬肉、鮪魚、大蝦、豆腐等，因其易搭配性，衍生出辛奇豆腐鍋、海鮮辛奇鍋等料理。酸辣順口的湯頭，讓人不自覺白飯一口接一口，尤其在寒冷的冬天，絕對是人生一大享受！

● 된장찌개　大醬湯

以韓國大醬為主要材料煮成的湯，是韓國傳統家庭料理之一。大醬湯的主要材料，根據地區特性及條件，味道和名稱會有所不同，同時也會影響料理的味道。據說，高句麗時期，中國人把韓國大醬味道稱為「高麗臭」，後來隨著醬曲（메주）傳入韓國，形成與中國醬完全不同的型態。此醃製方法於八、九世紀傳至日本，逐漸發展成日本的味噌。兩者雖然都以黃豆為主要原料，但味噌是添加麴進行發酵，另大醬需要日曬後攪拌，味噌則不需要。

05

술과 음료
酒類與飲品

● 막걸리　馬格利

顏色白濁的馬格利，早期文獻稱為濁酒或農酒，是用白米、大麥、小麥和酒麴釀造而成。1950年代起，韓國糧食供應連年短缺，到了1964年，政府不得不禁止使用白米釀酒，因此，業者以麵粉和玉米取代，導致馬格利品質下降，因此當時平民階層傾向飲用燒酒，富有階層則選擇啤酒或洋酒。1971年禁令解除，馬格利並未立即受到市場歡迎，主要是因為改回米釀使得酒價上漲，且當時人們已不習慣飲用。直到最近幾年，米釀馬格利才再度受到大眾喜愛。

● 소주　燒酒

高麗時期，蒙古人將中東亞力酒的蒸餾法傳入韓半島，蒙古大軍駐紮過的開城、安東、濟州等地，製酒特別發達，由此可見一斑，甚至1987年，安東燒酒還被指定為韓國文化遺產，直到今日，這些地方仍以保留製酒傳統而聞名。1970年代，韓國政府推行「自道酒政策」，規定每道（市）僅能保有一家酒廠，整頓了當時遍布全國的254家燒酒公司，目的是革除燒酒市場惡性競爭。這項禁令在1990年代末期廢止，長達20多年的「自道酒」經營，使各酒廠更加在地化，當地民眾亦對其自產燒酒產生高度認同，形成韓國特有的飲酒文化。

● 식혜　甜米露

麥芽泡開後過篩，只留下麥芽水備用，糯米蒸熟後與麥芽水、糖混合保溫發酵，當米粒浮上水面時撈出，並用冷水洗掉甜味備用。甜米露水則用大火煮沸，並將浮起來的泡沫舀出，等待冷卻後盛碗、撒上米粒，就完成了。甜米露必須乾淨清澈，因此麥芽水大多只使用沉澱完的上層，而米粒若沒有充分發酵，殘留澱粉，容易發黑，也不能使用。安東的甜米露非常獨特，是將糯米蒸熟後，加入切碎的蘿蔔和生薑，再與麥芽水及辣椒粉一起發酵，對止咳、治療感冒有立竿見影的效果。

● 수정과　水正果

水正果是一種傳統冷飲，主要在春節時飲用，其湯汁是由生薑水和桂皮水混合而成，若同時熬煮生薑和桂皮，兩種強烈味道會彼此干擾，反而降低風味，因此通常是分開煮滾後再混合。一般水正果採用柿餅，因此稱為「乾柿水正果」，將柿餅去蒂除籽，放入碗中，注入冷卻的生薑桂皮水，放幾顆松仁，再以蜂蜜或白糖減輕苦味。此外，在韓國飲食古籍《群學會騰》中另記載有「雜果水正果」，不用生薑，也不用柿餅，而是將柚子和水梨切成絲，注入桂皮水、蜂蜜，放入松仁後飲用。

06
과줄
傳統韓菓

다식 茶食

茶食是一種專門搭配茶飲的甜點，其傳統可追溯至統一新羅到高麗王朝時期，這款精緻典雅的甜餅以圓形最為常見，偶爾可見方形款式。茶食以麵粉和蜂蜜為基底，加入磨成粉末的芝麻、栗子調味，再用各種不同造型的模具壓製而成。通常，茶食不會只有一種口味，至少會準備三色以上裝在一起。白色是綠豆茶食、粉紅色是五味子茶食、黃色是松花茶食、藍色是當歸或海苔茶食、黑色則是黑芝麻茶食，不只色彩繽紛，更能品嘗到多樣口味。

유과 油菓

油菓製作時間長，需先將糯米發酵半個月，蒸成粉、打成漿後鋪平，按用途切成塊狀風乾，經油炸後再抹上麥芽糖、蘸上穀物，因此命名為油菓。夏季炎熱潮濕，麥芽糖容易融化，很難製作，因此油菓主要在冬天製作，特別是在春節前夕會大量製作。油菓種類很多，大小、形狀各自不同，用途也很多樣。撒子、米花糖、冰砂果都屬於油菓，依據石臼打好的年糕大小區分，最大的是撒子，手指粗細的是米花糖，切成豆粒大小烘乾，再用麥芽糖凝結成塊、切成條狀的便是冰砂果。

약과 藥菓

油蜜果（유밀과）是用麵粉、蜂蜜、香油拌成團，再用植物油煎後抹上蜂蜜的甜點，而利用藥菓模具製作出來的油蜜菓，則被稱為藥菓，屬油蜜菓中最具代表性的一種。藥菓的名稱，來自材料之一的蜂蜜，因為蜂蜜過去被當成補藥，才被命名為藥菓。過去，由於原料珍貴，多只在上層階級或祭祀中出現，韓國近代文學家崔南善曾稱讚藥菓是世上獨一無二的點心。根據大小、形狀，藥菓還分為大藥菓、小藥菓，和有稜有角的正藥菓等多種類型。

정과 正果

以新鮮水果或植物根部、果實加入蜂蜜燉製，又稱為煎果（전과），類似中國的蜜餞或西方的果醬。不管使用哪一種水果製作，正果的糖度都會達到 65% 以上，具有良好的保存性，是一種為了長久保存、食用而研發出的食物類型。正果原本應該要用蜂蜜長時間慢慢燉煮，使顏色變深且清澈，但現代由於糖的價格更便宜且質地又有韌性，所以多與白砂糖混合一起使用製作，最後再加入蜂蜜提香。常見的正果有蜜正果、水正果、蜜煎片。

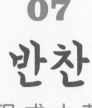

07
반찬
現成小菜

● 깍두기　蘿蔔辛奇

깍두기這個詞，史上首次出現，是在朝鮮英祖、正祖時期的小說《春香傳》中。根據不同食用者，會採取不同醃製方式，例如，對牙口不好、消化功能較弱的年長者而言，會將蘿蔔稍微煮軟並加入蝦醬，醃製成숙（熟）깍두기；對孕婦而言，祈願能生出身心端正的寶寶，會將蘿蔔切成正方形，醃製成정（正）깍두기。最適合醃製蘿蔔辛奇的時間點，是在蘿蔔最美味的晚秋至初冬。蘿蔔辛奇特別適合搭配牛骨湯、雪濃湯等肉湯類料理，酸甜的口味，可以中和油膩的味道。

● 겉절이　現拌辛奇

顧名思義是一道現拌現吃的料理，主要分成「現拌白菜」和「現拌生菜」兩種。現拌嫩白菜，是將嫩白菜切成適合入口的大小後，用鹽醃製一段時間。醃好的嫩白菜由於出水，體積變小，此時用水輕輕沖洗後擰乾水分，再用切好的蔥段、大蒜、辣椒粉、醬油、白糖、芝麻鹽、香油等混合製成的調味料拌勻，即可完成。而現拌生菜是在洗好的生菜上，以蔥、醬油、辣椒粉、糖等調好的調味料一層一層塗抹而成的現拌料理。

● 백김치　白辛奇

白辛奇是用整棵白菜醃製，完全不用辣椒粉，味道非常清淡。由於辣椒是在壬辰倭亂時期傳入韓國，以前古籍中，幾乎沒有出現過「白辛奇」這個詞，是在辛奇使用辣椒粉醃製後才有所區分，因此，白辛奇其實是現在我們熟悉的辛奇的鼻祖。西元1900年代中葉起，韓半島中部地區開始流行醃製辛奇，進而傳至南北，南北飲食差異很大，中部以北的辛奇少用辣椒粉，味道淡、湯汁多，南方則因氣溫較高，為了長時間保存，會將辛奇醃製得又鹹又辣。

● 동치미　蘿蔔水辛奇

飯前就座，先舀起一匙蘿蔔水辛奇湯品嘗，再開始進食，這是韓國用餐禮儀。韓式料理口味重，飯菜多鹹辣，用餐時搭配蘿蔔水辛奇，能使口腔清爽、食物容易下嚥。蘿蔔水辛奇作法簡單，醃製後的蘿蔔，加入鹽、蔥段、蒜末、薑絲等食材後，泡水靜置發酵，亦可依喜好加入水梨、柚子或是芥菜等食材來增進風味。冬季醃製，往往要一個月以上才夠味，其他季節，通常在室溫下醃製10天即可。蘿蔔水辛奇對解酒很有幫助，更特別的是，還能當作煤炭中毒時的急救藥。

● 오이소박이　黃瓜辛奇

小黃瓜用鹽搓洗後，切成 5 公分左右大小，再將切成段的小黃瓜切出十字刀口，不要切斷，再將切碎的韭菜、辣椒醬等調製餡料塞入。如今，人們多以豐富餡料將黃瓜辛奇醃製得十分鮮紅，但以前餡料用量較少，所以顏色相對較淡。黃瓜辛奇味道清爽，所以人們很喜歡在夏天時大量醃製、食用。一般黃瓜辛奇在醃製後的 2 到 3 天內要吃完，不適合長期儲存，放久了，口感會變軟，顏色也會變得難看。

● 장아찌　醬菜

由於過去買菜不易，且新鮮食物無法長久保存，因此，將當季食材加工成能夠長期儲存的食物，成了韓國人的生存之道，辛奇、醬菜等類型食物的發達，體現了他們精打細算的生活。醬菜是將當季蔬菜放入醬油、辣椒醬、大醬中長期醃製的食物，一般需要一年左右才能入味，因此要提早準備。雖然大部分生蔬菜都能製成醬菜，但水分多、纖維少的蔬菜容易腐敗，並不適合。經常醃製的食材為大蒜、蒜薹、洋蔥等，全羅道地區製作得特別多，也是寺廟經常準備的菜品。

● 장조림　醬牛肉

韓式醬牛肉的原型，據稱是《世宗實錄》中所記載的「醓醢」，然而，無論中國或韓國，所謂的「醓醢」，都是將肉切碎後放入醬油燉煮，型態更接近肉醬，與今日所見之醬牛肉不盡相同。製作醬牛肉，多選如牛肋條般油脂較少的部位，切成大塊，汆燙後置入鍋中，放入香菇、水煮鵪鶉蛋、薑、蒜，以醬油燉煮。煮熟的肉，冷藏一天，風味更佳。食用時，將肉依紋理撕開，和醬汁、大蒜、鵪鶉蛋一同盛出，就是非常下飯的一道料理。

● 도토리묵　橡子涼粉

朝鮮時代壬辰倭亂，宣祖逃往北方避難，混亂中，村民為招待國王，急忙用橡實熬成涼粉，端上御膳桌。重回宮殿後，宣祖警惕自己莫忘昔日經歷之辛苦，要求繼續食用橡子涼粉，因此，這道料理成了時常出現在御膳桌上的飲食。橡子涼粉是將橡實澱粉加入水中煮滾，使其凝固冷卻成塊，口感似粄條，略有苦味，不易變質，適合出遠門攜帶，在韓國傳統歌謠〈書生朴達和金鳳娘子〉的愛情故事裡，朴達赴漢陽趕考科舉，金鳳為他準備的食物，正是橡子涼粉。

08
인삼, 야채와 건조식품

人參、蔬果
與乾物

● 인삼　人蔘

傳說有兩兄弟上山打獵，因突然下起大雪，躲進山洞避雪，過了很長一段時間，偶然見到山洞周圍有很多與人形相似的根，挖出來吃，發現味道香甜，而且吃完後還很有力氣，因而平安度過冬天。融雪後，兩兄弟回到村子，告知村民這種藥草長相，因和人體相似，而得名人蔘。朝鮮半島出產的人蔘又被稱為高麗蔘，按照大小、品質，可分為天蔘、地蔘、良蔘、切蔘、尾蔘五個等級。高麗蔘在加工時，會把根鬚都剪掉，因此一般市售的高麗蔘，都不會帶有根鬚。

● 두릅　楤木芽

楤木芽具有獨特香氣，分為「地楤木芽」和「樹楤木芽」兩種。地楤木芽是在四、五月長出新芽後挖土採摘，樹楤木芽則是樹上生長出的新芽。天然的樹楤木芽產量很少，因此大多會將樹枝一同摘下，放到溫室中培養。樹楤木芽大多在江原

道栽種，地楤木芽則栽種於江原道及忠清北道地區。其食用方式多元，或汆燙後蘸辣椒醬，或汆燙後包著牛肉吃，亦可製成辛奇、炸物或沙拉等。

● 산채　山野菜

俗話說「只要會唱 99 種野菜歌曲，就能戰勝三年乾旱」，可見過去山野菜在韓國是多麼寶貴的救荒食物。山野菜是指山上可食用的植物，如山蒜、薺菜、短果茴芹、垂盆草、蕨菜等，種類繁多。昔日均依季節採摘食用，如今都在田間或溫室栽培，已無區分。和大量種植的蔬菜比起來，山野菜較硬、較苦澀，必須汆燙去除苦味再涼拌。蕨菜是最常見的山野菜，用途廣泛，諸如宴席或祭祀之三色野菜、煎肉串時作為搭配，或是切碎加入綠豆煎餅餡料中。

● 곶감　柿餅

柿餅是韓國節慶或祭祀時常用的食品之一，因能長期保存，又被稱為乾柿（간식）。種植柿子最早是從高麗時代開始，但柿餅製作方式卻未見於文獻中，直到朝鮮時期才經常用來作為禮品或宗廟祭祀食品。柿子分厚皮、薄皮兩種，製作柿餅，必須選擇薄皮、肉質緻密、糖分多的品種，而且最好是用完全成熟前的澀柿子來製作。柿餅可直接食用，也能將核桃塞進柿餅中心做成柿餅捲，同時也是水正果的主要原料。過去常用來招待客人，或作為老人、小孩的零食。

● 육포　牛肉乾

牛肉乾歷史相當悠久，原始狩獵時代便已存在，人們將吃剩的肉掛在高處自然乾燥，得以長時間儲存。如今較普遍的做法，是在肉表面塗抹陳年醬油搓揉後風乾，再切成又長又寬大的片狀。過去，牛肉乾是珍貴食品，韓國祭品的基本品——酒、果、脯中，最重要的就是牛肉乾。此外，無論婚禮或是花甲宴，牛肉乾都是不可或缺的食品。牛肉乾也是下酒菜首選，最常見的作法是將肉剁碎後，製成大塊、細長狀的片脯，如紅棗片脯或七寶片脯等，但由於是生肉經絞碎製成，較容易變質。

● 북어／황태　明太魚乾

明太魚是鱈魚的一種，在韓國是最受喜愛並最常食用的魚類之一。明太魚乾的蛋白質含量是未經加工之生明太魚的兩倍，加熱過後很容易消化、對健康也很好，由於熱量很低，也經常作為減肥食譜。明太魚乾根據加工方式，可以分為北魚（북어）和黃太（황태）兩種。北魚是將內臟去除後，在相對溫暖的海邊風乾一個月而成；而黃太是以產卵期的明太魚浸泡在冷水中，暴露在寒冬使其呈冷凍狀態，反覆解凍、冷凍 20 多次製成，黃太風乾場大多集中在韓國東海岸。

● 한라봉　漢拏峰

1972 年，日本農林水產省果樹考場口之津分場，將「清見桔橙」與「中野 3 號椪柑」雜交，培育出「凸頂柑」，又名醜橘、醜柑。這款柑橘果實形狀特別、表面粗糙、果皮顏色淡，當時並未受到注目，隨著逐漸改良，如今凸頂柑甜度高、果肉和香氣都很好，才受到市場青睞。1990 年前後，韓國引進栽種，由於栽培地主要位於濟州，而果實蒂突出部分令人聯想到山峰，因此取「漢拏山」命名為「漢拏峰」。2000 年代後期，除

了濟州島以外，全羅南道地區也開始種植漢拏峰。

● 참외　韓國香瓜

據說是由印度品種改良而來，是栽種歷史悠久的一種水果。主莖向旁邊生長，藤蔓會攀爬到其他物體上，葉片錯位生長成手掌狀，邊緣有鋸齒。六到七月開花結果，果實為圓柱橢圓形，成熟時呈現金黃色，表面還有 10 道左右的銀白色溝，未成熟的果實有催吐劑的作用。1950 年代，韓國香瓜種類繁多，包括成歡香瓜、江西香瓜、甘香瓜等，到 1960 年代以後，都改為栽種現在大家熟悉的銀泉香瓜，因為銀泉香瓜甜味更強，果肉也更可口。

09
양념
調味醬料

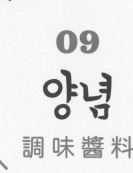

● 간장　醬油

世界各地釀造醬油的方式大同小異，韓國作法，是以「醬曲」泡入鹽水發酵，再過濾其汁液發酵熟成。醬曲在概念上類似製麴，不同之處，在於韓國是將煮熟的黃豆搗成泥，捏塑成立方體，再用乾草捆綁，掛起來風乾接菌。

依照濃度，韓國醬油分為濃醬油（진간장）、中醬油（중간장）和稀醬油（묽은간장），用法亦不同。釀造一到兩年的稀醬油多用於熬湯，中醬油則是製作涼拌野菜，釀造五年以上的濃醬油，則多用於製作藥食或炒鮑魚等料理。

釀造醬油是過去韓國家庭重要的活動，從初冬延續到隔年初夏。由於醬油影響食物風味，韓國人認為須挑選吉日開始釀造，不僅選材嚴謹，儲藏管理也要細心注意。

● 된장　大醬

大醬的原料也是醬曲。以米和蔬菜為主食的韓國傳統飲食中，大醬是主要的蛋白質來源。高句麗是大豆的原產地，相傳大醬便是發源於此，《三國史記》提及新羅神文王的婚禮用品項目，大醬名列其中，這是大醬一詞最早的文獻記載。不過，《三國史記》並未詳述大醬的作法，直到朝鮮時代的文獻才出現大醬的具體製作方式。如今，製程經過改良，除了用風乾接菌的醬曲製作外，亦有米麴或麥麴直接放入煮熟大豆中，加鹽調味再熟成的方式，味道和營養價值都優於傳統大醬。

● 청국장　清麴醬

清麴醬可以說是速成的大醬。大醬從發酵到熟成，需要好幾個月甚至數年時間，清麴醬則是兩到三天後就能食用，而且，清麴醬是直接採用新鮮完好顆粒的大豆發酵，因此保留了更完整的營養成分。清麴醬發源於三南地區，而後逐漸流傳至首爾。忠清南道的潭北集、唐津、瑞山等地的通通醬（통통장）正是清麴醬，將少量新鮮的豆子加入醬曲、蒜、鹽、辣椒粉搗拌而不搗碎，要能夠看得到豆瓣的程度。韓國南部的人們非常喜歡食用清麴醬，在寒冷的冬天，加入醃辛奇所煮的清麴醬鍋，別有一番風味。

● 고추장　辣椒醬

結合甜味、鮮味、辣味與鹹味的複合調味料，於 16 世紀末傳入韓國。醃製辣椒醬的時節，通常是在三、四月，天氣開始變熱之前，也就是醬油釀造即將完成之際。傳統辣椒醬的原料，有醬曲粉、辣椒粉、穀物粉、糖和食鹽。一般基本作法，是將糯米粉攪拌蒸熟，與醬曲粉混合糖化，再加入辣椒、食鹽調味熟成，不同地區會依當地物產，使用不同的穀物粉，諸如糯稻、小麥、大麥等等。辣椒醬用途很多，用來煮湯或作為調味料均可，如生魚片所用的醋醬，或韓式拌飯、石鍋拌飯的調味料，都是以辣椒醬為基底調製。

● 새우젓　蝦醬

醃製辛奇時，蝦醬是最常使用的調味品。蝦醬的製作方式，會因為使用蝦子之型態、種類或用途而有所不同，諸如雪白白蝦製成的白蝦醬、紫蝦製成的蝦醬（건뎅이젓）、蝦米製成的螞蟻醬（고개미젓）等等。蝦醬在忠南廣川最有名，廣川市集有三十多家販售海鮮醬的商家。從廣川到大川方向有一座龍岩村莊，有位尹萬吉爺爺，他於偶然發現的廢棄礦坑中存放蝦醬，熟成之後，不僅色澤好、鮮味更佳，因此目前龍岩村莊有四十幾個專門醃製蝦醬的洞窟，據說是因為洞窟濕度高，所以發酵效果更好。

● 매실청　梅汁

五月底到六月初，梅子呈現綠色時，將其採摘、去籽，加入砂糖層層疊放，便可釀造成梅汁。梅子號稱是綠色鑽石，擁有豐富營養素，有機酸成分能促進胃液分泌、幫助消化，同時刺激食慾、解決便秘問題，對皮膚保養也有幫助。此外，還能促進新陳代謝、消除疲勞，是解宿醉的好幫手。梅汁能直接加水作為梅子茶飲用，韓國料理中，也經常使用梅汁調味，例如在醃製辛奇、蘿蔔等小菜時，經常使用梅汁引出甜味，而醃製辣炒豬肉片時，會加入梅汁來中和辣味。

● 까나리 액젓　玉筋魚汁

玉筋魚在韓半島三面沿岸都有棲息地，雖然常年都能捕撈，但年幼玉筋魚苗品質較佳，以年幼玉筋魚醃製的玉筋魚汁，味道才會是最好的。因為玉筋魚成魚期過後，魚群會混有雜魚，且玉筋魚成魚內臟會有苦味，能製造的魚露較少，以致整體風味、品質較差。醃製玉筋魚汁時，選取玉筋魚後清洗，按一比一的比例與食鹽混合，並在通風處發酵一年以上。如果鹽和玉筋魚沒有均勻混合，熟成的味道就不好。美味的玉筋魚醬無異味、口感清爽且腥味不重，若腥味過重，甚至發出惡臭味道，基本上是因為沒有完全發酵。

● 참기름　芝麻油

芝麻油是芝麻經炒熟後壓榨而成的油，具有獨特香氣。為了產生香氣及維持良好的口感，高溫炒製榨油後不會特別精煉，而只是沉澱雜質。過去，在《說文解字》中，多以「脂」、「膏」等文字來指稱食用油，直到西元 550 年，《齊民要術》書中提到芝麻油壓榨方法，「油」這個字才開始被使用，在此之前，脂與膏的主要來源是動物，芝麻傳進東方後，才開始有了植物性用油。1951 年，美國研究指出，芝麻油所含之不飽和脂肪，比大豆油更少，且芝麻油品質穩定、可以久放，因此被廣泛應用於油炸食品的料理或加工。

10

두부와 떡
豆腐與糕類

●비지　豆渣

過濾豆漿後，在紗布上殘留的固體即為豆渣。雖然人們對它的第一印象是製作豆腐、豆漿後剩下的殘渣，但事實上豆渣本身也有很豐富的營養。由於熱量比大豆及豆腐低、味道較清淡，但具有一定的份量，就算少量食用也能有飽足感，因此很適合作為減肥飲食。同時，豐富的膳食纖維，能幫助腸胃蠕動，有助於預防大腸癌。料理過程無需動刀，十分簡單、方便，經常與絞肉混合，製成漢堡排，或混合到麵糰中，製成餅乾、甜甜圈，抑或是加入辛奇，製成豆渣鍋。

●인절미　黃豆粉年糕

據說朝鮮時期仁祖到公州公山城躲避李括之亂時，嘗到這個糕點並詢問名字，下人回覆是林氏（임씨）農夫獻上的年糕，仁宗接著說：「那真是絕味（절미）啊！」，因而得名인절미。過去黃海道及平安道盛產雜糧，很常製作黃豆粉年糕，《閨閣叢書》中更是記載黃海道延安的黃豆

粉年糕是韓國第一。因為香味四溢且口感較其他年糕柔軟，所以無論男女老少都很喜歡。除了直接食用，也會蘸著蜂蜜或白糖一起吃，近代還衍生出加入刨冰的吃法。

●백설기　白雪糕

白雪糕是最基本的年糕，用糯米粉加入糖水及蜂蜜後蒸熟即可，偶爾也會加入葡萄乾、豆類或果醬。白雪糕最早出現於三國時代初期，但其後相關紀錄較少，據說是因為名稱隨著時代和地區產生了變化。西元1809年的《閨閣叢書》將其正名為白雪糕，名稱便一直使用至今。顏色純白，象徵純潔無瑕，是神聖的食物，經常出現在兒童的三七日、百日宴或周歲宴上，寺廟祭祀或山神祭、龍王祭等土俗禮儀中也經常使用。而現在幾乎所有活動都會使用白雪糕，是最大眾化的年糕種類。

●송편　松片

松片呈半月形，象徵由虧轉盈，具有進步、發展、趨向圓滿的寓意。松片原本是中秋節才有的糕點，用新收穫的大米和穀物製作，以感謝一年的收穫並祭祀祖先，如今已不侷限於節日，平時亦可製作食用。其外皮以糯米粉製成，利用艾草、百年草、梔子花等染色，讓顏色更加繽紛多彩，餡料則有芝麻、紅豆、大豆、綠豆等多種選擇。包好的松片會與松葉一起蒸煮，因此又被稱為松餅或松葉餅。韓國習俗相信，只要能捏出漂亮的松片，日後出嫁必有良緣，且能生出漂亮的女兒。

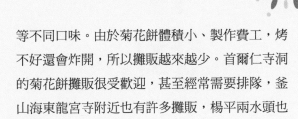

11
간식
點心

● 붕어빵　鯽魚餅

鯽魚餅主要是紅豆餡，也有奶油、蔬菜、奶酪、巧克力等多種口味，造型亦有許多變化，有迷你的鯽魚餅，也有鯉魚餅。鯽魚餅的原型，是十九世紀末在日本出現的鯛魚燒，1930 年代，鯛魚燒從日本傳入韓國，但並不普及。1950 年，由於接受美國穀物援助，韓國引進了大量麵粉，致使麵食類蓬勃發展，用稀麵糊與紅豆餡做成圓型的麵糊麵包（풀빵）開始流行，之後又演變出菊花餅、鯽魚餅等各種不同的形狀，直到 1990 年代，鯽魚餅已十分普及，至今仍被稱為冬天的代表性點心。

● 국화빵　菊花餅

因麵包上的花紋和菊花相似而得名，模具像是只有半截的章魚燒，需要煎熟半面後合在一起。菊花餅體積較小，直徑約三公分、高度約兩公分，是可以一口吃掉的大小。原本內餡主要是紅豆，後來也像鯽魚餅一樣，出現了奶油、蜂蜜、核桃

等不同口味。由於菊花餅體積小、製作費工，烤不好還會炸開，所以攤販越來越少。首爾仁寺洞的菊花餅攤販很受歡迎，甚至經常需要排隊，釜山海東龍宮寺附近也有許多攤販，楊平兩水頭也能買到。

● 계란빵　雞蛋麵包

1984 年 11 月，仁川仁荷大學後門，開始有人賣起雞蛋麵包，為家境清寒的飢餓學生們提供另一種形式的代餐，隨著時間流逝，雞蛋麵包逐漸發展成全國的街頭點心。一開始雖然人氣爆漲，但由於不斷漲價，從原本 100 韓元一路漲到現在的 1000 韓元，導致人氣比不上冬天知名點心鯽魚餅和烤地瓜。韓國綜藝節目採訪仁荷大學元祖店店長，店長表示，原本他們是販售一般的紅豆餡麵包，但因為有些學生不喜歡紅豆餡，才開始以雞蛋代替紅豆製作麵包。

● 꽈배기　傳統炸花捲

源自中國的麻花捲，為天津特產，本來口感堅硬，延邊朝鮮族喜歡柔軟口感，所以改成現在的炸花捲。而延邊炸花捲不撒糖，是與韓國炸花捲最大的差異。炸花捲以小麥為主原料，將白糖和少量的酒或酵母等發酵劑混入麵團，再將拌好的麵團拉長、折成兩段，像搓繩子一樣擰在一起，最後放入油鍋油炸。發酵劑不但能使其膨脹，同時也有助於增進口感。炸花捲搭配牛奶一同品嘗，風味絕佳。

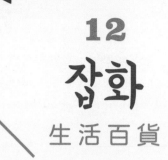

12
잡화
生活百貨

● 때수건／이태리타월　搓澡巾

搓澡巾在韓文中也有「義大利毛巾」之稱，因為最初製作原料來自義大利。在釜山經營紡織工廠的金必坤先生，是搓澡巾的發明者，當初他為了開發新毛巾，從義大利進口布料，沒想到布料太粗糙，一時不知該如何利用，徹夜苦惱未果，金先生決定先去澡堂洗澡，就在此時，他突然想到，用這種布料來搓擦身體，應該很不錯。過去，韓國人習慣將毛巾捲起來擦拭身體，甚至還有人會將石頭包在毛巾裡增加硬度，而搓澡巾粗糙的質感，非常符合韓國人的洗澡習慣，能乾淨地將身上的污垢清乾淨，果然推出後就大獲成功。

● 한복　韓服

韓服蘊含著韓國傳統思想、習慣與精神。男性韓服有褲子、上衣和背心，女性韓服則有襯衣、外裙和襯褲，女性韓服短上衣和長裙的設計，特別展現了優雅的曲線美。韓服講究色彩及圖案，因階級差異，在花紋、顏彩上有很大的差別。比如

王穿的是象徵宇宙的華麗服飾，而平民則多著樸素的白色服飾，因而獲得「白衣民族」的稱號。如今，韓國人只會在傳統節日或特別的日子穿著正式韓服，至於平時，有少數人會穿著改良式的韓服。

● 젓가락　韓國筷子

韓國筷子為金屬製，呈扁平狀，使用上並不容易，因此也被封為最難用的餐具。韓國筷子的設計原因眾說紛紜，主流說法，是在朝鮮時代，由於王需要使用銀製筷子辨別食物是否有被下毒，兩班貴族則不能使用同等的銀製筷子，改用黃銅筷子，而貧民則只能使用木頭筷子。這樣的歷史背景下，木頭筷子便讓人有了劣質餐具的印象。另外，過去需要利用餐桌搬運食物及筷子，為了避免筷子在途中滾落，所以設計成扁平狀，且扁平狀筷子更容易夾住小菜。

● 죽부인　竹夫人

將乾燥的竹子劈開編織而成，為四周鏤空、上下封閉的籠狀物體，一般不會超過一米長，編織時不會使用繩子或釘子，以避免刮傷。據說竹夫人起源於中國唐代，後流傳至日本、朝鮮半島及東南亞等地，韓國在高麗時期文獻就已有竹夫人的記載。過去在炎熱的夏天，窮書生會將竹夫人抱在胸前，搭上一條腿睡覺，不僅能減少空虛感，還能涼爽地入睡。現代由於電風扇、空調的發明，竹夫人在中國已經不常見，但在韓國還是經常能看到。

● 바가지　瓢

用葫蘆做成的多功能器皿，過去是韓國家庭必備用品，用來盛米、挖醬、盛水、舀牛飼料等，用途多元。此外，瓢也是除邪消災的對象，結婚時，新娘抵達新郎家門前時，要把瓢拿來整個打碎；提親時，也要用腳把瓢整個踩碎。因為經常用於驅趕病魔的巫術或祭祀，家庭不允許把瓢放到餐桌上，瓢碎片掉進灶孔也被視為不祥，以上都能看出瓢從實用領域發展到了民俗信仰。如今，隨著塑膠產品的普及，瓢已不再是韓國人的日常生活用具，而是被當作工藝品或室內裝飾品。

● 뚝배기　砂鍋

砂鍋是韓國傳統器皿，至今仍廣泛使用。砂鍋大小不一，除了一般尺寸之外，還有半杯水到一杯水大小的迷你砂鍋。砂鍋表面均塗有黑褐色的鹼液，外部粗糙、內部光滑，不同地區習慣使用的形狀也略有不同。中部地區砂鍋深度較深，底部略窄於口徑；東海岸地區砂鍋深度較淺，湯碗口徑較狹窄，從側面看類似陀螺形狀。砂鍋雖然不像鍋子一樣能快速煮滾，但一旦煮熱，就不容易冷卻，因此特別適合冬季用來盛裝熱呼呼的食物，如辛奇鍋、雪濃湯等。

● 수세미　菜瓜布

以前的菜瓜布，是用秸稈或絲瓜果實製成，用秸稈製成的菜瓜布，使用期限短，使用時也容易脫線，但在擦洗銅器時是最好用的。現在，利用合成樹脂、海綿、鐵製鋼絲等多種材質的菜瓜布出現，其中在市場中最流行且色彩繽紛的造型菜瓜布，是由丙烯酸合成纖維製成，具有出色的吸油、分解功能，無需清潔劑也能去除油脂，既省水也省清潔劑。菜瓜布對人體無毒、安全，且觸感柔軟，不傷指甲及皮膚，缺點是沾上菜渣就很難摘除，且容易變色及脫線。

● 양은냄비／양은주전자　洋銀鍋／洋銀壺

洋銀是在銅中摻入少許鋅、鎳製成的銀色合金，雖然名稱中有「銀」字，但並沒有銀的成分，「洋」則意味著從西方輸入的意思，以成分表達時，也稱為金黃色鎳銀。市面上販售的洋銀系列餐具，其實都是由鋁材質製成，並在外層鍍上一層黃色的氧化鋁。由於洋銀系列餐具容易受擠壓變形，使用時務必小心。洋銀鍋易加熱、價格便宜，所以常用來煮泡麵或辛奇鍋，喝馬格利酒時也經常使用洋銀壺及洋銀碗。

撰文者簡介｜玖零女子

90 年代生女子三人組，因韓國串起奇妙的緣分。
用三人三色不同視角，書寫有關韓國的生活觀察，探索在地美食以及私房景點。

部落格：玖零女子 https://90sgirls.com

대화
Conversation
02

本章節統整 10 大逛市
場情境，學習市場對話
常用單字、句型。市場
小知識單元，助你逛市
場融入不踩雷。

01 시장 상인들의 물건 팔기
市場店家叫賣

과일 가게 주인 : 농장에서 오늘 딴 딸기~ 딸기 한 박스에 삼만 원! 오늘 딸기 정말 맛있어요.

건어물 가게 주인 : 오늘만 싸게 팝니다. 멸치, 오징어, 다시마, 미역 다 있어요. 어~ 손님, 물건 만지시면 안 돼요.

반찬 가게 주인 : 아가씨, 뭐 드릴까요? 저희가 만든 반찬 다 맛있어요. 여기에 있는 오징어젓갈, 간장게장도 저희가 직접 만든 거예요.

관광객 : 와~ 이게 다 반찬이에요? 이건 뭐예요?

반찬 가게 주인 : 그게 오징어젓갈이에요. 매운 거 좋아하세요? 한번 맛보세요. 사시면 제가 양 많이 드릴게요.

관광객 : 아니에요. 아니에요. 그냥 구경하는 거예요. 너무 맛있어 보여서 보고 있었어요. 제가 여행 온 거라 이걸 사 갈 수가 없어요.

이불 가게 주인 : 이불 안 필요하세요? 이 이불 정말 얇아서 덮고 자면 정말 시원해요. 한번 써 보시면 다른 거 못 써요.

채소 가게 주인 : 지금부터 떨이~ 떨이~ 다 싸게 드립니다.

水果店老闆： 今天從農場現採的草莓喔～草莓一盒三萬韓元！今天的草莓真的很好吃。

海鮮乾貨店老闆： 只有今天便宜賣，鯷魚、魷魚、昆布、海帶通通有。哦～這位客人，不可以摸商品喔。

小菜店老闆： 小姐，要來點什麼嗎？我們做的小菜都很好吃。這裡的醃魷魚、醬油蟹都是我們自己做的。

觀光客： 哇～這些都是小菜嗎？這是什麼？

小菜店老闆： 那是醃魷魚。喜歡吃辣嗎？試吃看看吧，如果您要買的話，我會多給您一點。

觀光客： 不用了，不用了，我只是看看而已。因為看起來太好吃了，我就看了一下。我是來旅遊的，沒辦法把這個買回去。

棉被店老闆： 需要棉被嗎？這個棉被真的很薄，蓋著睡覺真的很涼快喔，蓋過就回不去了。

蔬菜店老闆： 現在開始特價～特價～通通便宜賣。

單字

농장（農場）：農場
따다：採、摘
건어물（乾魚物）：海鮮乾貨

반찬（飯饌）：韓式小菜
덮다：蓋、覆蓋

A 아 / 어 / 해 보이다　看起來 A

接在形容詞後面，表示對某個對象的推測或判斷。

저 가게는 왠지 비싸 보여요. 우리 다른 가게에 가요.

總覺得那間店看起來很貴，我們去別間店吧。

많이 피곤해 보여요. 어제 잠을 못 잤어요?

你看起來很累，昨天沒睡好嗎？

이 안경을 쓰면 어려 보이는 거 같아요. 이 안경 살까요?

戴這副眼鏡好像看起來很年輕。要買這副眼鏡嗎？

저는 치마를 입으면 날씬해 보이는 것 같아서 치마를 자주 입어요.

我穿裙子好像看起來會比較苗條，所以我常穿裙子。

你逛過오일장（五日市集）嗎？

韓國有許多固定營業的常設傳統市場，而且許多外國觀光客都會去逛。不過，韓國除了這種常設傳統市場以外，還有「오일장（五日市集）」，五日市集並不是每天都有，而是五天開市一次，韓國人會記住自家附近的五日市集開市日，再看準日子前往採買。假如市集的開市日是 4 號和 9 號，那麼 4 號和 9 號外的 14 號、19 號、24 號、29 號也會有市集。

有趣的是，除了五日市集以外，也有以首爾或地方城鎮的社區大樓為中心的市集。基本上，韓國的社區大樓都有商家，社區大樓的居民平時也會光顧。不過，住戶眾多的大型社區大樓也會舉辦市集，請攤商前來擺攤，就像五日市集一樣，但這種市集只會在社區大樓事先訂好的日期舉辦。

如果想逛逛比較不一樣的市場，要不要去逛逛五日市集或社區大樓的市集呢？

02 가격 문의하기
詢價

對話 03

관광객 : 저, 이거 얼마예요?

잡화점 가게 주인 : 이 수저는 한 벌에 구천 원이에요. 젓가락 한 쌍만 사셔도 되고 숟가락, 젓가락 따로따로 사셔도 돼요. 한국 젓가락 사용해 보셨어요?

관광객 : 네, 사용해 봤어요. 납작해서 사용하기 <u>불편할 줄 알았는데</u> 사용해 보니까 너무 편하던데요?

잡화점 가게 주인 : 그렇죠? 써 보면 편해요. 안 납작한 것도 있으니 다른 것들도 한번 보세요.

관광객 : 혹시…여기에 때밀이 수건도 있어요?

잡화점 가게 주인 : 그럼요. 때수건 많죠. 이쪽으로 오세요. 색깔별로 다 있어요.

관광객 : 와, 종류가 많네요. 이거는 어떻게 팔아요?

잡화점 가게 주인 : 한 개에 팔백 원이에요. 다섯 개 사시면 삼천오백 원에 드릴게요. 친구한테 선물로 줘도 좋아요.

관광객 : 이 소주잔은 한 개에 얼마예요?

잡화점 가게 주인 : 네 잔이 한 세트인데 한 세트에 만 원이에요.

관광객 : 그럼, 이 소주잔 한 세트하고 아까 그 수저 세 벌 주세요. 그리고 때수건도 다섯 개 주세요.

觀光客：那個，請問這個多少錢？

雜貨店老闆：這個筷匙一組九千韓元。可以只買一雙筷子，也可以湯匙、筷子分開買。有用過韓國筷子嗎？

觀光客：有，用過。本來以為扁扁的不好用，結果實際用過之後，發現非常好用耶。

雜貨店老闆：對吧？用過就順手了。也有不扁的，順便看看其他的吧。

觀光客：請問……這裡也有搓澡巾嗎？

雜貨店老闆：當然，搓澡巾很多，這邊請。每種顏色都有。

觀光客：哇，好多種喔。這個怎麼賣？

雜貨店老闆：一個八百韓元，買五個可以算您三千五百韓元。也可以送給朋友當禮物。

觀光客：這個燒酒杯一個多少錢？

雜貨店老闆：四個一組，一組一萬韓元。

觀光客：那我要一組這個燒酒杯跟三套剛才的筷匙，然後還要五個搓澡巾。

單字

수저 : 湯匙（숟가락）與筷子（젓가락）
납작하다 : 扁的

때밀이 : 搓澡工、搓操
때수건（手巾）: 搓澡巾

A/V을/ㄹ 줄 알았다 以為 A/V、早知道 A/V

接在形容詞或動詞後面,可用在兩種情況:(1) 自己的預測、期待與事實不一樣的時候,表示「以為」;(2) 跟自己的預測與期待一樣的時候,表示「早知道」。

평일에 시장에 오면 사람이 적을 줄 알았는데 오늘도 사람이 많네요.
以為平日來市場人會很少,但是今天人也好多喔。

너무 고급스러워 보여서 비쌀 줄 알았어.
因為看起來太高級了,還以為很貴。

출퇴근 시간에 차가 엄청 막힐 줄 알았어. 조금 일찍 출발할걸 그랬어.
就知道上下班時間會嚴重塞車,早知道就早點出發了。

눈이 오네. 이번에는 눈을 못 볼 줄 알았는데 다행이다.
下雪了耶。還以為這次看不到雪了,真是太好了。

韓國市場多元的開店時間

每個傳統市場的營業時間都不一樣。傳統市場通常九點開門,但也有些市場上午七、八點就開門,也有一些攤販是營業時間還沒到,就開始做生意的。到韓國旅遊時,如果早上沒有行程,或是想吃一頓熱呼呼的早餐,推薦到廣藏市場或南大門市場等傳統市場享用早餐。由於各餐廳營業時間不同,建議事先做好功課。在市場吃早餐的好處是,吃完就可以直接開始逛街。

逛街的時候,學過韓文的同學應該會陷入苦惱,不曉得該使用哪種量詞。這種時候,就算直接說出最常用的量詞「개(個)」,也不會有太大的問題,所以試著有自信地說出韓文吧!

03 사장님과 가격 흥정하기
與老闆議價

對話 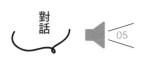 05

손님 : 아주머니, 이거 치킨이에요?

닭강정 가게 주인 : 아니요, 닭강정이에요.

손님 : 이건 매운맛이라고 적혀 있네요. 많이 맵나요? 제가 매운 걸 잘 못 먹어서요.

닭강정 가게 주인 : 안 매운 것도 있어요. 달콤한 맛도 있고 마늘간장 맛도 있어요. 달콤한 맛 한번 드셔 보세요.

손님 : 감사합니다. 맛있네요. 얼마예요?

닭강정 가게 주인 : 작은 거는 하나에 오천 원이에요. 두 종류 맛으로 하시면 육천 원이고요.

손님 : 음, 조금 비싸네요.

닭강정 가게 주인 : 많이 드릴게요.

손님 : 닭강정 말고 다른 건 또 없어요? 좀 색다른 것도 있으면 먹어 보고 싶어요. 추천 좀 해 주세요.

닭강정 가게 주인 : 이 새우강정 어때요? 새우강정도 바삭바삭하고 맛있어요. 이건 작은 거 하나에 오천오백 원이에요.

손님 : 그럼 달콤한 맛 닭강정하고 새우강정 작은 거로 하나씩 주세요. 많이 주세요.

닭강정 가게 주인 : 알겠어요. 잠깐만 기다리세요.

客人： 阿姨，這是炸雞嗎？

炸雞丁店老闆： 不是，這是炸雞丁。

客人： 這裡寫著辣味耶，會很辣嗎？因為我不太能吃辣。

炸雞丁店老闆： 也有不辣的。有香甜口味，也有蒜味醬油口味。試吃看看香甜口味吧。

客人： 謝謝。很好吃耶，請問多少錢？

炸雞丁店老闆： 小的一份五千韓元，兩種口味的話是六千韓元。

客人： 嗯，有點貴耶。

炸雞丁店老闆： 我會多給您一點。

客人： 除了炸雞丁以外，還有別的嗎？我想吃吃看比較有特色的，請幫我推薦一下。

炸雞丁店老闆： 這種蝦球怎麼樣？蝦球也酥酥脆脆的，很好吃。這個小份的是五千五百韓元。

客人： 那我要小的香甜口味炸雞丁跟蝦球各一份，請多裝一點給我。

炸雞丁店老闆： 好的，請稍等。

單字

적히다 : （被）寫、（被）記錄

달콤하다 : 香甜的

색 (色) 다르다 : 有特色的、特殊的

바삭바삭하다 : 酥脆的

N 말고 不要 N、除了 N 以外

表示否定、排除。

이건 너무 무거운데 이거 말고 좀 더 가벼운 건 없어요?

這個太重了,除了這個以外,有輕一點的嗎?

오늘은 삼계탕 말고 안 먹어 본 안동찜닭 먹어 보고 싶어.

今天不要吃蔘雞湯了,我想吃吃看沒吃過的安東燉雞。

저는 소고기를 못 먹어요. 소고기 말고 다른 고기는 없어요?

我不能吃牛肉。除了牛肉以外,還有其他肉嗎?

저 죄송한데 휴지 말고 물티슈는 없어요?

不好意思,請問除了衛生紙以外,有濕紙巾嗎?

必吃市場美食──炸雞丁

韓國有許多用雞肉做的料理,不過,一般觀光客所熟知,具代表性的韓式雞肉料理,應該是炸雞（치킨）、蔘雞湯（삼계탕）、辣炒雞排（닭갈비）、安東燉雞（안동찜닭）吧?如果想品嘗和炸雞類似,卻略微不同的料理,何不試試看炸雞丁（닭강정）呢?炸雞丁是使用切得比炸雞更小塊的去骨雞肉製作而成,和洋釀炸雞（양념치킨）有幾分相似,卻又有所不同。洋釀炸雞是炸好雞肉以後,再倒上醬汁拌勻;炸雞丁則是在醬汁中加入炸好的雞肉翻炒,而且加的糖漿比炸雞多,因此醬汁更為濃稠。炸雞丁的口味跟炸雞一樣多元,有辣味、甜味、蒜味醬油等等,因為吃起來比炸雞方便,很適合在市場或戶外買來直接吃,也常被小朋友當作點心。

04 단골 손님 방문
常客到訪

對話  07

분식집 가게 주인 : 어서 오세요. 학생, 오랜만이야.

단골 손님 : 안녕하세요. 잘 지내셨어요?

분식집 가게 주인 : 그럼. 추우니까 빨리 들어와서 앉아요. 오늘도 항상 먹던 대로 떡볶이 일 인분하고 순대 일 인분 줄까요?

단골 손님 : 네, 감사합니다. 그런데 혹시 여기에 막장도 있어요? 부산에 가니깐 순대를 소금에 안 찍어 먹고 다른 거에 찍어 먹던데요?

분식집 가게 주인 : 맞아요. 부산에서는 순대를 막장에 찍어 먹어요. 소금에 찍어 먹는 게 좋아요? 막장에 찍어 먹는 게 좋아요?

단골 손님 : 막장 찍어 먹으면 이상할 줄 알았는데 먹다 보니까 괜찮더라고요. 처음에는 순대도 정말 싫어했는데 지금은 너무 좋아해요.

분식집 가게 주인 : 그런 사람 많아요. 따뜻한 어묵 국물도 드릴게요. 오늘은 오랜만에 봐서 반갑네요. 김말이튀김 서비스로 드릴 테니까 같이 드세요.

小吃店老闆：歡迎光臨。同學，好久不見。

常客：您好，最近過得好嗎？

小吃店老闆：當然囉。天氣很冷，趕快進來坐吧。今天也是老樣子，吃一人份的辣炒年糕跟一人份的血腸嗎？

常客：對，謝謝。對了，這裡也有豆醬嗎？我去了釜山才發現，他們吃血腸不蘸鹽巴，而是蘸其他東西吃耶。

小吃店老闆：對，在釜山吃血腸會蘸豆醬。你比較喜歡蘸鹽巴吃，還是蘸豆醬吃？

常客：本來以為蘸豆醬吃會怪怪的，但吃了以後發現不錯。我一開始也真的很討厭血腸，現在卻非常喜歡。

小吃店老闆：很多人都這樣。我也給你一些熱騰騰的魚板湯吧。今天久違見到你，真是開心，我會招待你炸海苔捲，你配著一起吃吧。

單字

막장 (醬) : 豆醬

찍다 : 蘸；拍（照）；印；砍

어 (魚) 묵 : 魚板

김말이튀김 : 炸海苔捲

A/V을/ㄹ 테니까　我將A/V（意志），所以請…；可能會（猜測）A/V，所以請…

接在形容詞或動詞後，表示說話者的意志或強烈推測。後面的句子是說話者的建議或忠告。

물건 너무 많이 사면 숙소에 갈 때 너무 힘들 테니깐 너무 많이 사지 마.

買太多東西的話，回住處的時候可能會很累，所以別買太多。

내일 눈 온대. 추울 테니까 옷 따뜻하게 입고 나가.

聽說明天會下雪，可能會很冷，所以你要穿得保暖一點再出門。

나 편의점에 가서 맥주하고 안주 사 올 테니까 술 마실 수 있게 방 좀 정리해 줘.

我去便利商店買啤酒跟下酒菜回來，你整理一下房間，等一下才能喝酒。

지금 어디야? 내가 거기로 갈 테니까 거기에서 좀 기다려.

你現在在哪裡？我過去找你，你在那裡等一下。

因地而異的血腸蘸醬

血腸是外國人喜好兩極的一項食物。許多外國人不敢吃血腸，不過，也有許多外國人喜歡吃。部分韓國食物有些許的地區差異，韓國人常吃的血腸即是其中一例。

不同地區的人，在吃血腸時搭配的蘸醬都不一樣。首爾會在鹽巴中加入辣椒粉，再用血腸蘸著吃，全羅道蘸醋辣椒醬吃、江原道蘸蝦醬吃、濟州島蘸醬油吃，至於慶尚南道和釜山則是蘸豆醬吃。韓國人自己也常常搞不清楚，不同地區的吃法有何不同。

如果敢吃血腸，搭配不同地區的蘸醬品嘗，也別有一番樂趣。

05 친구와 시장 구경하기
和朋友逛市場

관광객 1 : 오늘 어디에 갈래? 뭐 살 거 있어?

관광객 2 : 엄마가 한국 이불 사 오래. 엄마 친구분들이 한국 이불 좋다고 하셨나 봐. 너도 요즘 한국 이불이 인기 많다는 이야기 들어 봤어?

관광객 1 : 나도 들어 봤어. 요즘 많이 산다고 하더라고. 그럼 우리 오늘 광장시장에 갈까? 거기 가서 이불 산다는 이야기 많이 들었거든. 광장시장에 가면 먹을 것도 많고 구경도 하고 좋을 거 같은데, 어때?

관광객 2 : 그래, 이불 사고 뭐 좀 먹고 오자. 넌 뭐 살 거 있어?

관광객 1 : 나는 여동생이 한국 화장품 사 달래. 내일 명동 가서 사려고.

관광객 2 : 그래. 그럼 오늘 광장시장에 가서 이불 사자.

觀光客 1 : 今天想去哪裡？要買什麼嗎？

觀光客 2 : 我媽叫我買韓國棉被回去，好像是她的朋友們說韓國棉被很棒。你最近也有聽說韓國棉被很夯嗎？

觀光客 1 : 我也有聽說，最近很多人買。那我們今天去廣藏市場嗎？因為我常聽到有人去那裡買。去廣藏市場有很多吃的，也可以逛一逛，感覺很棒，你覺得如何？

觀光客 2 : 好，就去買棉被、吃點東西吧。你有要買什麼嗎？

觀光客 1 : 我妹叫我買韓國化妝品回去，我打算明天去明洞買。

觀光客 2 : 好，那今天就去廣藏市場買棉被吧。

單字

이불 : 棉被
화장품 (化粧品) : 化妝品

A/V더라고(요) 記得是A/V

接在形容詞或動詞後面，表示說話者轉述過去親身經歷而新得知的事實。

겨울에 한국에 갔는데 진짜 춥더라고요.

曾經冬天去過韓國，真的很冷。

홍대 앞에서 옷을 샀는데 진짜 싸더라고요.

曾經在弘大前面買衣服，真的很便宜。

밤에 명동에 갔는데 사람이 정말 많더라.

曾經晚上去明洞，人真的很多。

친구들이 마트에 가서 과자를 많이 사더라고요.

朋友們到超市買了很多餅乾。

熱門的韓國市場棉被 ·······

許多台灣人常買韓國的棉被，而台灣人喜歡韓國棉被的原因有幾種，包括透氣、款式好看、觸感佳，還可以放進洗衣機洗滌，十分方便。最近可以透過網購輕鬆買到韓國棉被，也可以輕易查到韓國購買棉被的地點。

大家經常到廣藏市場或東大門綜合市場購買棉被，但其實棉被在韓國市場是常見的商品，在其他市場也能輕鬆購得，未必要去廣藏市場或東大門綜合市場。假如沒有時間前往上面提到的市場，到附近方便前往的市場看看，也不失為一個方法。

06 가이드의 시장 소개
導遊介紹市場

對話 11

가이드 : 여기는 부산을 대표하는 수산 시장인 자갈치시장입니다. 지하철역이 있어서 교통도 편리한 수산 시장이죠.

관광객 : 우와, 종류가 엄청 많네요. 한국에서 수산 시장에 온 건 처음이에요. 요즘 뭐가 맛있어요?

가이드 : 요즘 <u>광어 철</u>이라서 광어를 한번 드셔 보시면 좋을 것 같습니다.

관광객 : 여기서 사면 어떻게 먹어요?

가이드 : 집에 가져가서 드시는 분들도 있고 여기 2층에 있는 식당에 가서 먹는 분들도 있어요. 우리도 2층에 가서 먹을 거예요. 상차림비만 내면 거기에서 먹을 수 있어요.

관광객 : 그런 게 있어요?

수산물 가게 주인 : 지금 광어가 많이 나와서 싸고 맛있어요. 광어 한번 드셔 보세요.

가이드 : 다른 거 드시고 싶은 거 있으세요?

관광객 : 산낙지도 먹어 보고 싶어요.

導遊 : 這裡就是代表釜山的水產市場——札嘎其市場。因為有地鐵站，是交通便利的水產市場喔。

觀光客 : 哇，種類超多的耶。我第一次來韓國的水產市場。最近什麼比較好吃？

導遊 : 因為最近是比目魚季，品嘗看看比目魚應該不錯。

觀光客 : 如果在這裡買了，要怎麼吃？

導遊 : 有些人會帶回家享用，有些人會到這裡 2 樓的餐廳享用。我們也會到 2 樓吃，只要支付代客料理費用，就可以在那裡吃了。

觀光客 : 還有這種事喔？

水產店老闆 : 現在盛產比目魚，便宜又好吃喔。試吃看看比目魚吧。

導遊 : 還有其它想吃的東西嗎？

觀光客 : 也想吃吃看生章魚。

單字

철 : 季節、時節
상 (床) 차림 : 準備飯桌、準備料理
광어 (廣魚) : 比目魚
산낙지 : 生章魚

 12

N이라서/라서 因為是N
表示理由或根據。

요즘 <u>휴가철이라서</u> 손님이 많아요. 조금만 기다려 주세요.
因為最近是假期,客人比較多,請稍等一下。

이거는 저희가 <u>직접 만든 거라서</u> 비싸요.
因為這是我們親手做的,所以比較貴。

주말에는 <u>예약제라서</u> 예약하고 오셔야 돼요.
因為週末採預約制,請您一定要先預約再過來。

거기는 내가 정말 <u>가고 싶은 곳이라서</u> 포기 못 해.
那裡是我真的很想去的地方,所以我沒辦法放棄。

直接在水產市場用餐吧!

水產市場有許多賣海產的店家,有些人會在這裡買生魚片回家吃,有些人則會在裡面的餐廳現吃。買好想吃的生魚片之後,販賣生魚片的店家就會告訴你可以到哪裡用餐。水產市場的餐廳通常位於 2 樓,只要支付代客料理費,即可現場享用。代客料理費落在四、五千韓元不等,支付代客料理費後,店家會協助基本擺盤,讓你享用生魚片。但是在水產市場挑選生魚片時,難以事先得知價位,所以有時令人備感壓力,因此建議到水產市場時,可以前往價格標示清楚的店家選購。

07 유튜버의 촬영 허가받기
YouTuber 詢問拍攝

 13

유튜버 : (카메라로 자신을 촬영하면서) 안녕하세요? 여기는 광장시장입니다. 진짜 다시 오고 싶었는데 코로나 때문에 못 오고 있다가 이제서야 오게 됐습니다. 여기서 먹었던 마약김밥을 정말 다시 먹고 싶었어요. 그래서 오늘 이렇게 먹는 모습도 보여드리고 광장시장도 소개해 드리겠습니다.

(식당 아주머니께) 안녕하세요? 제가 4년 전에 여기서 마약김밥을 먹었는데 진짜 맛있어서 다시 찾아왔습니다. 근데 제가 먹는 모습을 <u>촬영</u>해도 될까요?

식당 아주머니 : 반가워요. 그럼요. 촬영하면서 여기도 소개해 주세요.

유튜버 : <u>허락</u> 감사합니다.

식당 아주머니 : 근데 뭘 소개하는 유튜버예요?

유튜버 : 한국에 있는 먹거리를 소개하는 유튜버예요. 제가 한국 음식을 정말 좋아해서 한국 음식이랑 맛있는 식당들을 대만 친구들에게 소개하고 있어요.

YouTuber：（用相機拍著自己）大家好，這裡是廣藏市場。我一直很想再來，之前因為疫情的關係沒辦法來，現在終於來了。我之前在這裡吃過麻藥飯捲，真的好想再吃一次。所以今天要像這樣，讓大家看看我吃東西的樣子，也介紹一下廣藏市場。

（向餐廳的阿姨說）您好，我 4 年前在這裡吃過麻藥飯捲，因為真的很好吃，我又來光顧了。請問我可以拍攝自己吃東西的樣子嗎？

餐廳的阿姨：幸會。當然可以，拍的時候也幫忙介紹一下這裡吧。

YouTuber：感謝您答應拍攝。

餐廳的阿姨：對了，你是介紹什麼的 YouTuber？

YouTuber：我是介紹韓國小吃的 YouTuber。我真的很喜歡韓國的食物，所以會向台灣的朋友們介紹韓國食物與美食餐廳。

單字

촬영 (撮影) 하다 : 拍攝、攝影

허락 (許諾) : 允許、許可、同意

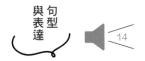

V아/어/해도 되다　可以V

用在表示允許或同意進行某事的時候。

죄송한데, 여기 사진을 찍어도 돼요?

不好意思，請問我可以拍攝這裡的照片嗎？

이거 먹어 봐도 될까요?

請問我可以試吃這個嗎？

짐이 무거워서 그러는데 짐을 여기에 놔두고 가게를 구경해도 될까요?

因為行李很重，請問我可以把行李放在這裡，再去逛店家嗎？

여기에 있는 이불들 만져 봐도 돼요?

請問我可以摸摸看這些棉被嗎？

拍攝前請徵得同意

在韓國拍攝影片時，要小心別讓其他人露臉或入鏡，因為韓國人不喜歡自己的身影出現在別人的影片裡。關於這種影片侵害肖像權的問題，曾經在韓國引起熱議，也曾有新聞報導，有些餐廳因為 YouTuber 或直播主影響到其他客人，索性禁止了私人拍攝。新冠疫情過後，情況或許有所改變，但建議還是小心為妙。在人多的餐廳拍攝時，盡可能不要造成其他客人困擾，可以的話，最好事先徵得同意再拍攝。而在人來人往的市場拍攝時，也要盡量避免拍到其他人，並最好將入鏡者的臉部打馬賽克。

08 한국 방송 촬영 구경하기
看韓國節目拍攝

對話

관광객 : 사장님, 이거 너무 비싼데 다섯 개 사면 좀 싸게 안 돼요? 어, 무슨 소리지? 저기 뭐 촬영하는 거 같은데? 뭐지? 한국에서 직접 예능 촬영하는 걸 볼 수 있다니 정말 행운인데?

스태프 : (주위 사람들한테) 잠시만요. 조심하세요. 촬영 중이라서 잠깐만 비켜주시겠어요?

관광객 : 와, 유재석이다. 남대문시장에서 유재석을 보다니. (가게 주인한테) 뭐 촬영하는 건지 아세요?

가게 주인 : 런닝맨을 촬영하는 거 같은데요. 가서 사인 좀 받을 수 없나? 우리 아들이 유재석 정말 좋아하는데.

관광객 : 저도 받고 싶네요. 근데 왜 다른 연예인은 안 보이고 혼자죠?

가게 주인 : 글쎄요. 뭔가 미션을 하고 있는 게 아닐까요?

관광객 : 뭐 찾나 봐요. 근데 이거 가격 좀 깎아 주세요.

觀光客： 老闆，這太貴了，我買五個的話，可以算便宜一點嗎？咦，什麼聲音？那邊好像在拍攝什麼東西耶，是什麼啊？居然可以在韓國看到綜藝節目拍攝，真的很幸運耶！

工作人員： （向周遭的人說）借過一下，小心喔。目前正在拍攝當中，請問可以借過一下嗎？

觀光客： 哇，是劉在錫耶，居然在南大門市場看到劉在錫！（問商店老闆）請問您知道他們在拍什麼嗎？

商店老闆： 好像在拍 Running Man 耶，可不可以過去要簽名啊？我兒子真的很喜歡劉在錫的說。

觀光客： 我也想去要簽名。但怎麼沒看到其他藝人，只有他一個人？

商店老闆： 這個嘛，是不是正在進行什麼任務？

觀光客： 好像在找東西。不過這個請算我便宜一點啦。

單字

주위 (周圍)： 周遭、四周
사인 (sign)： 簽名

연예인 (演藝人)： 藝人
미션 (mission)： 任務

A은/ㄴ가 보다, V나 봐요 , N인가 봐요 似乎／好像A/V、似乎／好像是N

表示猜測。說話者看了某事物或某種根據後進行猜測。

저 사람 누구지? 게스트인가 봐.

那個人是誰？好像是來賓。

어, 응급차가 있네. 누가 아픈가 봐.

哦，有救護車耶。似乎有人不舒服。

연예인이다. 여기 근처에서 무슨 촬영을 하나 봐요.

是藝人耶，這附近好像在拍攝什麼節目。

사람들이 저기에 몰려 있네? 저기에 무슨 일이 있나 봐.

那裡聚集了好多人哦？好像發生什麼事了。

試著用韓語殺價

人們之所以去傳統市場，其中一個原因就是可以議價。因為百貨公司或大型超市採用定價制販售，沒有議價空間，只能依照標價購買。相對的，在傳統市場可以議價，如果遇到有人情味的老闆，還有機會用同樣價格買到更多的量。要是接近市場的打烊時間，有些店家還會降價，可以趁這時候去撿便宜。

傳統市場的氣氛比百貨公司和大型超市自由，所以殺價的時候，有許多練習韓語會話的機會，大家不妨試著說說看「조금 깎아 주시면 안 될까요? (不能算便宜一點嗎？)」、「좀 더 싸게 해 주세요. (請再便宜一點。)」等等。另外，雖然最近市場裡的年輕人變多了，但裡面依然有許多高齡長者，所以也有機會跟長輩對話。

09 시장 안내 방송
市場廣播

對話 17

남부시장 상인회 :

남부시장 상인회에서 안내 말씀 드리겠습니다.

오늘도 남부시장을 찾아오신 고객분들을 진심으로 환영합니다.

이번에 다가오는 설을 맞이하여 저희는 1월 13일부터 20일까지 매일 다양한 행사를 준비하고 있으니 이 기간에 꼭 다시 남부시장을 방문해 주셔서 편하고 즐거운 설 준비를 하시기를 바랍니다.

올해에도 온누리상품권, 제로페이를 이용 시 다양한 할인 혜택도 있으니 많은 사용 부탁드립니다.

남부시장은 항상 다양한 상품과 착한 가격으로 고객 여러분께 <u>최선을 다하도록 노력하겠습니다.</u>

오늘도 남부시장을 이용해 주셔서 감사합니다.

南部市場商人會 :

南部市場商人會廣播。

誠摯地歡迎各位顧客今日蒞臨南部市場。

為迎接即將到來的農曆新年，我們從 1 月 13 日到 20 日，每天都準備了各式各樣的活動，歡迎各位在這段時間蒞臨南部市場，為愉快的農曆佳節做準備。

今年使用 Onnuri 商品券與 ZeroPay，同樣享有各種折扣優惠，敬請多多使用。

南部市場會努力以實惠的價格，提供各式各樣的商品給各位顧客。

感謝您今日光臨南部市場。

單字

다가오다 : 靠近、接近、來臨
맞이하다 : 迎接

상품권 (商品券) : 商品券、禮券
혜택 (惠澤) : 優惠

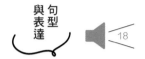

V도록 하겠습니다　會V

表示說話者的意志、決心。

가방 찾아 주셔서 감사합니다. 다음부터는 <u>조심하도록 하겠습니다</u>.

謝謝您幫我找回包包，我下次會小心的。

무슨 일이 생기면 꼭 <u>연락하도록 하겠습니다</u>.

要是發生了什麼事，我一定會跟您聯絡。

아프면 꼭 병원에 <u>가도록 하겠습니다</u>.

如果不舒服，我一定會去醫院。

알려 주셔서 감사합니다. 내일 꼭 일찍 <u>출발하도록 하겠습니다</u>.

謝謝您告訴我，我明天一定會提早出發。

與時俱進的市場付款方式

在傳統市場通常使用現金付款，不過，最近開放刷卡的地方逐漸增加，而且隨著新冠疫情爆發，傳統市場也有越來越多店家透過匯款來收款。

除此之外，在韓國傳統市場也可以使用 Onnuri 商品券，這是韓國中小企業暨新創事業部為了活絡經濟而發行的商品券，可以在全韓國的傳統市場與商店街使用。形式有紙本商品券、線上使用的電子商品券，以及手機專用的行動商品券，這種商品券沒辦法在百貨公司或大型超市使用。

另外還有 ZeroPay。ZeroPay 是讓小型工商業者可以採用匯款方式結帳，無需負擔刷卡手續費的智慧型手機簡便結帳系統。

10 가게 뒷정리하기
收攤

방앗간 할머니: 총각, 오늘 물건 다 팔았어?

채소 가게 총각: 네, 설날 대목인 데다가 날씨까지 좋아서 오늘 손님 정말 많았네요. 오늘 가지고 온 거 다 팔았어요. 물건이 없어서 못 팔았어요. 내일은 물건을 좀 더 준비해 와야겠어요.

방앗간 할머니: 오늘 비가 안 와서 정말 다행이야. 나도 오늘 손님이 많았어. 평소에도 이렇게 손님이 많으면 얼마나 좋아.

채소 가게 총각: 그러게요. 작년보다 많이 팔았어요. 내일도 일찍 나오실 거죠?

방앗간 할머니: 그럼, 설날 대목에 많이 팔아야지. 이것 좀 도와주겠나?

채소 가게 총각: 잠시만요. 조심하세요. 가게 안으로 넣어 드릴까요?

방앗간 할머니: 그래 주면 고맙지. 이거만 도와주고 자네 물건 정리하게. 내 건 내가 천천히 정리할게.

雜糧行奶奶: 年輕人，今天的東西都賣光了嗎？

蔬菜店年輕人: 是的，不僅是農曆春節旺季，連天氣都很棒，所以今天的生意真的很好。今天帶來的都賣光了，沒東西可以賣了。明天得多準備一些東西過來了。

雜糧行奶奶: 幸好今天沒有下雨，我今天生意也很好。要是平常的生意也這麼好，該有多好啊。

蔬菜店年輕人: 就是說啊，賣得比去年還多。您明天也會提早來吧？

雜糧行奶奶: 當然，要趁著農曆春節旺季多賣一點才行啊。你可以幫我一下嗎？

蔬菜店年輕人: 等我一下，小心喔。要幫您放到店裡嗎？

雜糧行奶奶: 你願意幫忙的話，我當然很感謝。你幫完我這個忙，就去收拾你的東西吧，我再慢慢收拾我的東西。

방앗간 (間)：雜糧行
총각 (總角)：年輕人、未婚青年

대목：節慶（春節、中秋節等）前的銷售旺季
평소 (平素)：平常、往常

A은/ㄴ 데다가, V는 데다가, N인 데다가 不僅 A/V，還…、不僅是 N，還…

表示在原有的動作或狀態上再加上後面的動作或狀態。

곧 <u>추석인 데다가</u> 주말이라 차가 정말 많이 막히네.

不僅中秋節將至，還碰上週末，所以塞車真的好嚴重。

그 식당은 사장님이 <u>친절한 데다가</u> 가격도 싸서 너무 좋았어요.

那間餐廳不僅老闆親切，價格還很便宜，太棒了。

한국 화장품은 <u>싼 데다가</u> 품질도 좋아서 외국인들한테 인기가 많은 거 같아.

韓國化妝品不僅便宜，品質還很好，所以好像很受外國人歡迎。

눈이 <u>오는 데다가</u> 짐도 많아서 어떻게 호텔까지 걸어서 가지?

不僅下雪，行李還很多，要怎麼走到飯店？

到市場買祭拜供品

韓國最盛大的節慶就是農曆春節和中秋節了。因為春節和中秋節要祭拜，必須準備祭拜時的供品，也會採買要送給親戚的水果。以前大多是直接聚在家中製作祭拜的供品，不過最近可以提前預訂供品，也能直接到市場單買需要的量，或是到超市購買調理包，再回家簡便製作。

很推薦大家在韓國節慶前去一趟傳統市場，可以看到韓國人逢年過節品嘗的食物。只不過大部分的店家在農曆春節或中秋節不營業，建議先確認過市場的休市日期再前往。

원조 마약
주문예약 : 2264-7668/2

모녀 김밥

2263-2845

관점

View
03

▶

本章節精選 16 間代表性韓
國傳統市場，帶你深入了
解它們的歷史、風土民情、
慶典以及和韓劇、韓綜間
的故事。

01 광장시장
廣藏市場

市場簡介  21

광장시장은 서울 종로에 있는 유명한 재래시장이다. 서울에서도 최대 규모의 시장일뿐만 아니라 대한민국 최초의 전통 거래 시장이다. 예전부터 자연적으로 발생한 시장이나 1905년 일제강점기 시절에 조선인들의 자본을 모아 광장주식회사를 설립하게 되었다.

광장시장은 언뜻 생각하기에는 사람들이 모이는 광장(廣場)을 떠올리기 쉬운데 그 단어를 사용하지 않는다. 광장시장의 이름의 유래는 시장의 위치와 관계가 있는데 시장이 청계천에 있는 광교(廣橋)와 장교(藏橋)의 사이에 있어서 광장시장이라는 이름이 붙여졌다고 한다.

광장시장은 서울의 도심에 있기 때문에 서울에 여행을 왔다면 한번 안 가 볼 수 없는 곳이다. 지하철을 타고 간다면 종로5가역에서 내리는 것이 가장 가깝고 시장 근처에는 세계문화유산인 종묘도 구경할 수 있다.

시장 입구에는 포목점과 그릇가게 그리고 한복을 파는 가게들도 많지만 이 시장을 방문하는 수많은 관광객들의 목적은 바로 '먹자 골목'이다. 이곳은 매우 유명해서 외국인 관광객을 비롯하여 제시카 알바, 샘 스미스, 브리 라슨 등 수많은 외국의 유명인들도 방문했다. 먹자 골목에는 수많은 먹거리들을 맛볼 수 있는데, 그 중에서도 빈대떡과 잔치국수, 고기전, 육회, 대구탕이 특히 유명하다. 특히 녹두로 만든 빈대떡을 파는 순희네 가게는 여러 매체에 소개되어 항상 손님이 붐빈다. 빈대떡과 막걸리는 한국에 간 여행객이라면 꼭 한번 맛봐야 할 별미이다. 그리고 근처에는 마약김밥이라는 이름을 가진 꼬마김밥집도 유명한데 속재료는 간단하지만 찍어 먹는 소스가 계속 손이 가게 만든다.

單字

최초 (最初) : 最初
자본 (資本) : 資本、資金
설립 (設立) 하다 : 設立、創辦
유래 (由來) : 由來
도심 (都心) : 市中心
포목점 (布木店) : 布匹店
골목 : 巷子
방문 (訪問) 하다 : 訪問、拜訪、登門
붐비다 : 擁擠

廣藏市場是位於首爾鐘路的知名傳統市場。不僅是首爾規模最大的市場，也是韓國第一個傳統交易市場。它是隨著時間自然而然形成的市場，但在 1905 年日本殖民時期，才籌措朝鮮人的資本，成立廣藏株式會社。

廣藏市場容易讓人聯想為人潮聚集的「廣場」，不過它並沒有採用這個單字。廣藏市場的名稱由來和市場的位置有關，因為市場位於清溪川的廣橋與藏橋之間，所以才被命名為廣藏市場。

廣藏市場位於首爾市中心，是來到首爾旅遊必訪的地方。如果搭地鐵前往，在鐘路 5 街站下車最近，還可以到市場附近參觀世界文化遺產——宗廟。

市場入口有許多布匹店、碗盤店，以及販售韓服的店家，不過，來到這個市場的眾多觀光客都是衝著「美食街」而來。這個地方廣為人知，不只是外國的觀光客，連潔西卡‧艾芭、山姆‧史密斯、布麗‧拉森等許多外國名人都曾到此一遊。美食街中可以品嘗到許多小吃，其中又以綠豆煎餅、宴會麵、肉煎餅、生牛肉、鱈魚湯特別有名。尤其是순희네（Soon-Hee 家），它販賣以綠豆做成的綠豆煎餅，因為受到各家媒體介紹，總是門庭若市。綠豆煎餅和馬格利酒是去韓國的遊客一定要嘗試的特色風味。還有，附近名叫「麻藥飯捲」的迷你海苔飯捲也很知名，雖然材料單純，蘸醬卻讓人忍不住一口接著一口。

광장시장은 한국 최초의 상설시장으로서 매우 다양한 가게들이 들어와 있다. 기본적인 재래시장에서 파는 과일 및 채소, 고기뿐만 아니라 그릇이나 이불을 파는 곳도 있다. 그리고 한복 가게도 매우 유명한데 싸고 예쁜 한복을 마련하고 싶다면 한번 가보는 것도 좋다. 한복을 꼭 살 생각이 없다면 2019년 11월에 개관한 한복문화체험관에 가 봐도 좋다. 이곳은 광장시장 2층에 있으며 한복을 입어 볼 수 있다. 한복을 입고 시장 주변을 돌아다니며 관광을 할 수 있다. 이 외에도 유명한 것이 바로 구제시장이다. 광장시장 서쪽 건물 2층에 구제 가게가 가득하다. 구제라는 것은 중고 옷이나 신발, 액세서리를 말하는 것인데 특이한 아이템들을 값 싸게 구입할 수 있기 때문에 젊은 패션피플들이 이곳을 많이 찾는다. 그리고 이곳에서 파는 물건은 한국의 물건만 있는 것이 아니라 유럽과 일본 등 해외에서 들여온 빈티지 의류도 있다.

그리고 최근 광장시장을 새롭게 하기 위해 365일장이 오픈했는데 한번 가 볼만 하다. 이곳은 총 4층으로 광장시장의 굿즈를 살 수도 있고 와인바에 가서 휴식을 취할 수도 있다. 광장시장 안에서 북적북적거리며 먹는 맛도 있겠지만 365일장에 가서 가볍게 커피를 한잔 마시며 쉬는 것도 좋다.

광장시장은 일반 가게는 일요일에 쉬고 저녁 6시 전까지만 영업을 하지만 먹자골목은 연중무휴이며 아침 9시부터 밤 11시까지 운영을 하므로 시간에 구애받을 필요가 없지만 넷플릭스의 <길위의 셰프들>에 나온 칼국수집도 유명해지고 유튜브 <또간집>에서도 숨겨진 맛집이 소개되는 바람에 원래 많던 손님이 현재는 더 많아져서 줄을 조금이라도 덜 서고 싶으면 주말보다는 평일에 가는 것을 추천한다.

單字

가게：店鋪、商店
마련하다：準備、安排
개관 (開館) 하다：開館、落成
구제 (舊製)：舊物
빈티지 (vintage)：古董、復古懷舊的物品
의류 (衣類)：服裝、服飾
북적북적：熙熙攘攘地、一窩蜂地
연중무휴 (年中無休)：全年無休
구애 (拘礙)：拘束、拘泥

廣藏市場是韓國第一個常設市場，有形形色色的店家進駐。不只是一般傳統市場賣的蔬果、肉類，還有販售碗盤和棉被的地方。另外，韓服店也非常有名，如果想購買便宜又好看的韓服，不妨親自走一遭。沒有一定要買韓服的話，也可以到 2019 年 11 月開幕的韓服文化體驗館參觀，它位於廣藏市場 2 樓，可以試穿韓服，也可以穿著韓服在市場周圍漫步與觀光。除此之外，也很有名的就是舊物市場，廣藏市場西棟建築的 2 樓滿是二手商店。「舊物」指的是二手衣鞋和飾品，因為可以用便宜的價格買到特別的商品，年輕的時尚人士經常光顧。而且這裡賣的不只是韓國的東西，也能買到從歐洲和日本等海外進口的古著。

此外，最近為了讓廣藏市場煥然一新，新開了 365 日場，很值得一去。這個地方一共有 4 層樓，可以買到廣藏市場的周邊商品，也可以到紅酒吧小憩。廣藏市場內熙來攘往，也能享受品嚐美食的樂趣，但前往 365 日場，輕鬆地喝杯咖啡、休息一下，也是個不錯的選擇。

廣藏市場一般的店家星期天休市，且只會營業到晚上 6 點，但是美食街全年無休，而且從早上 9 點營業到晚上 11 點，所以不會受到時間的限制。只是，由於登上 Netflix《世界小吃》的刀削麵店走紅，也有店家被 YouTube 的《再訪店家》（暫譯）頻道介紹為隱藏美食，所以原本生意就不錯的美食街又比以往更加興隆。如果想要少排一些隊，比起週末，更建議平日前往。

02 통인시장
通仁市場

 市場簡介

통인시장은 일제강점기 시절에 서울 효자동에서 처음 열렸다. 이 시장은 다른 전통시장과 달리 한국인의 필요에 의해 연 시장이 아니라 근처에 살던 일본인을 위한 시장으로 문을 열었다고 한다. 하지만 한국전쟁 후에 효자동의 인구가 늘면서 상설시장으로 발전했다. 그리고 2000년대에 들어서 통인시장이 있는 효자동이 바로 경복궁 서쪽에 있기 때문에 관광객도 점점 늘기 시작하였다.

통인시장에 유명한 가게들이 많은데, 기름떡볶이를 파는 가게가 그 중에서 가장 유명하고, 시장을 쭉 통과해서 시장 끝에 가면 청와대에 빵을 납품했다는 효자베이커리도 있다. 떡볶이는 원래 그 이름에서 볼 수 있듯이 원래 떡을 볶아서 만든 음식인데, 지금은 떡을 끓이는 형태로 변했다. 그런데 통인시장의 기름떡볶이는 정말 기름에 떡을 볶아 준다. 그렇기 때문에 통인시장의 기름떡볶이가 떡볶이의 원형이라고 말하기도 한다. 하지만 그 중에서 관광객들이 통인시장에 가는 가장 큰 이유는 바로 엽전 도시락 때문이다. 통인시장의 점포수는 70여개인데 그 중에서 가장 많은 것은 반찬가게이다. 통인시장에서는 이

점을 이용해서 도시락을 사서 먹을 수 있도록 만들었다. 게다가 그냥 사는 것이 아니라 엽전을 사용해서 구매할 수 있다. 엽전은 조선시대의 화폐인데, 상평통보라고 한다. 이 엽전은 통인시장 상인회 건물 2층에서 구매할 수 있으며, 5천 원에 10개를 준다. 시장을 돌아다니면서 먹고 싶은 음식이 있으면 엽전을 산 만큼 내면 된다. 반찬을 사도 되고 김밥이나 떡볶이, 어묵 등 이것저것 사 와서 도시락에 받아오고, 마지막으로 도시락카페에서 밥과 국을 사서 맛있게 먹으면 된다.

單字

발전 (發展) 하다 : 發展；升級、進展
유명 (有名) 하다 : 有名、知名、著名
통과 (通過) 하다 : 通過；路過、穿越；經歷
납품 (納品) 하다 : 供貨
끓이다 : 煮沸、燒開
원형 (原形) : 原形、原貌
점포 (店鋪) : 店、店鋪
이점 (利點) : 好處、益處
화폐 (貨幣) : 貨幣

通仁市場起源於日治時期的首爾孝子洞。據說這個市場不同於其他傳統市場，並非因應韓國人的需求而生，而是為了居住在附近的日本人開設。不過，韓戰後，隨著孝子洞的人口增加，其發展為常設市場。除此之外，在 2000 年以後，由於通仁市場所在的孝子洞就位於景福宮西側，因此觀光客逐漸增加。

通仁市場有許多知名店家，其中以販售油炒年糕的店家最為知名，穿越市場走到底，還有販售麵包給青瓦台的孝子麵包店。辣炒年糕原本就如其名，是將年糕炒製而成的料理，現在則轉變為煮年糕的型態。不過，通仁市場的油炒年糕是真的用油炒年糕，因此也有人說通仁市場的油炒年糕，才是原始的辣炒年糕。然而觀光客們前往通仁市場最主要的原因，其實是銅錢便當。通仁市場共有七十多間店家，其中最多的就是販售小菜的店舖。通仁市場以這個特點，打造成能購買便當食用的形式，而且不是直接購買，而是使用銅錢購買。銅錢是朝鮮時代的貨幣，又稱為「常平通寶」。這裡的銅錢能在通仁市場商人會建築二樓購買，五千韓元兌換十枚。走逛市場時，若有想吃的東西，支付銅錢就能購買。可以購買小菜或紫菜飯捲、辣炒年糕、魚板等各式料理，拿來做成便當，最後到便當咖啡廳購買白飯和湯，美味地享用。

통인시장이 있는 곳은 경복궁을 중심으로 서촌 (西村) 에 속한다 . 조선시대 때부터 경복궁을 중심으로 경복궁 북쪽의 마을인 북촌이 조선시대 사대부 양반들의 삶과 문화를 상징하는 곳이라면 서촌은 중인에 속하는 역관이나 의관 , 그리고 예술인이 한데 모여 살던 지역이다 . 조선시대의 유명한 화가 겸재 정선과 유명한 서예가 김정희는 물론 근대 화가 이중섭과 시인 윤동주와 이상 모두 이곳에서 작품활동을 펼쳤다 . 예전에 많은 관광객들이 삼청동에서 북촌한옥마을에 가서 구경을 하고 맛있는 음식을 즐겼다면 2022 년에는 대통령집무실이 용산으로 이전되고 , 그에 따라 청와대가 일반 관광객들에게 개방됨에 따라 서촌 관광이 뜨고 있다 . 특히 2022 년 10 월 28 일과 29 일에는 처음으로 종로에서 문화재 야행 프로그램이 개최되었다 . 주제는 ' 청와대에서 서촌까지 ' 로 오후 6 시부터 통인시장 근처에서 퓨전 국악공연 등 각종 퍼포먼스를 누구나 볼 수 있으며 서촌 야행에는 별도의 신청없이 참여할 수 있다 .

통인시장이 있는 서촌은 최근 꽤 핫한 곳으로 맛집과 예쁜 카페가 많기로 유명하다 . 드라마 < 그해 우리는 > 의 촬영지 시우식당도 이곳에 있고 , 아이유의 < 꽃갈피 > 뮤직비디오 촬영지인 대오서점도 이곳에 위치해 있다 . 게다가 최근에 매우 뜨거웠던 펜트하우스에도 나온 이탈리안 맛집 ' 꽃피공 ' 도 서촌에 있다 . 2015 년에 나온 드라마 < 그녀는 예뻤다 > 의 주인공 황정음이 사는 동네도 이곳 서촌이었다 . 북촌과 다른 느낌을 가지고 있는 서촌을 구경하고 통인시장에서 식사를 하는 건 어떨까 ?

單字

속 (屬) 하다 : 屬於、隸屬
상징 (象徵) 하다 : 象徵
지역 (地域) : 地區、區域
펼치다 : 鋪開、展開 ; 展現、實現
이전 (移轉) 되다 : 遷移、搬遷 ; 移交、轉讓
개방 (開放) 되다 : 開放
퓨전 (fusion) : 混合
별도 (別途) : 另、附加
위치 (位置) 하다 : 位於…

通仁市場所在之地，是以景福宮為中心的西村。自朝鮮時代開始，以景福宮為中心，其北方的村莊北村，是象徵士大夫、貴族兩班們的生活和文化的區域，而西村則是隸屬中人（編按：介於兩班貴族和平民之間的階層）的翻譯官、醫官和藝術人士聚集、居住之地。除了朝鮮時代的知名畫家鄭敾謙齋和知名書法家金正喜外，近代畫家李仲燮、詩人尹東柱和李箱，也都在此創作作品。過去許多觀光客會造訪三清洞、北村韓屋村，品嘗美味料理，隨著 2022 年總統辦公室遷至龍山，青瓦臺開放一般遊客進入，西村觀光也受到了關注。尤其 2022 年 10 月 28、29 日，初次開放了鐘路文化遺產夜行活動，活動主題為「從青瓦臺到西村」，自傍晚六點開始，可以在通仁市場附近自由觀賞混合傳統國樂（編按：使用國樂樂器和西洋樂器演奏的傳統音樂）等各式演出，不必特別申請，就能參與西村夜行活動。

通仁市場所在的西村，近來是相當熱門的地區，以眾多美食和漂亮咖啡廳聞名。電視劇《那年，我們的夏天》的拍攝場景「時雨食堂」就在此處，IU〈花書籤〉的 MV 拍攝地點「大悟書店」也位於此。不僅如此，近來十分火紅的《Penthouse上流戰爭》中出現的義大利美食餐廳「花開空」也位於西村。2015 年電視劇《她很漂亮》的主角黃正音居住的地方也正是西村。不妨造訪擁有不同於北村風格的西村，再到通仁市場用餐吧！

03 풍물시장
風物市場

 市場簡介 🔊 25

오래되었지만 다른 곳에서 볼 수 없는 독특함을 간직한 물품이 바로 '골동품' 이다 . 이 골동품을 구경하거나 구매하고 싶다면 서울에서는 꼭 한번 서울풍물시장에 가 봐야 한다 .

서울풍물시장의 이름은 원래 '황학동 벼룩시장' 으로 서울특별시 중구 황학동에 있던 시장이었다 . 이 시장은 원래 한국전쟁 이후 갈 곳이 없어진 사람들이 청계천 근처에 판잣집을 짓고 그곳에서 사는 사람들이 살기 위해 집에서 쓰던 물건을 팔기 시작하면서 만들어지게 되었다 . 그렇게 자연스레 고물상들이 이 시장으로 들어오게 되었으며 , 미군 부대에서 나온 물건을 몰래 파는 노점들도 생기게 되었다 .

1970 년대 한국에서는 새마을운동이라는 경제부흥운동이 전국적으로 실시되었는데 오래된 골동품들이 황학동 벼룩시장으로 모이기 시작하였다 . 이때 황학동의 상인들은 팔도를 돌아다니며 물건을 수집하여 판매하였다 . 그렇기 때문에 벼룩시장이란 이름 이외에도 고물시장 , 만물시장 , 도깨비시장이라고도 불리며 더 이상 갈 곳이 없는 물건이 오는 곳이라

는 의미에서 '마지막시장' 이라고도 불린다 . 1980 년대까지 골동품 시장이 크게 번성하여 200 여개의 골동품점이 모인 거리가 조성되기도 했다 . 지금은 헌책과 고서 , 절판된 책과 희귀한 레코드 음반 , 고가구와 장신구 등을 판매하고 있다 . 실제로 시장에 가 보면 정말 다른 전통시장과는 다른 느낌을 받을 수밖에 없는데 , 1 층에는 골동품을 팔고 2 층에서는 생활잡화를 판다 .

 單字

오래되다 : 久、老
독특 (獨特) 하다 : 獨特、特別
간직하다 : 收藏、保存
고물상 (古物商) : 舊貨商、舊貨店
노점 (露店) : 攤販、路邊攤
실시 (實施) 되다 : 被實行、被實施
수집 (收集) 하다 : 收集、回收
번성 (蕃盛／繁盛) 하다 : 繁盛、繁榮
장신구 (裝身具) : 首飾、飾品

雖然年代久遠，但擁有無法在別處看到的獨特性的物品，正是「古董品」。如果想要觀賞或購買古董品，一定要造訪首爾風物市場。

首爾風物市場原本的名字是「黃鶴洞跳蚤市場」，也就是位於首爾特別市中區黃鶴洞的市場。韓戰後流離失所的人民，在清溪川一帶蓋木板屋居住，這個市場最初是為了將家裡使用過的物品販賣給他們而形成。後來自然而然地，中古商人開始進入這個市場，也出現了私下販售美軍部隊流出的物品的攤販。

1970 年代韓國全國實施名為「新鄉村運動」的經濟復興運動，年代久遠的古董品開始聚集到黃鶴洞跳蚤市場。此時黃鶴洞的商人們遊走於八道，收集各種物品來販賣，因此除了「跳蚤市場」這個名稱之外，又被稱為「古物市場、萬物市場、鬼怪市場」，在「再也無法前往任何地方的物品聚集地」的意義之下，又被稱作「最後市場」。到了 1980 年代，古董品市場極為繁盛，街道聚集了兩百多間古董品商店。現在則販售二手書、古書、絕版書和稀有的黑膠唱片、古董家具和飾品等。實際前往市場，能感受到不同於其他傳統市場的氛圍，一樓販售古董商品，二樓販售生活雜貨。

앞에서 말했듯이 서울풍물시장의 원래 이름은 황학동 벼룩시장이다 . 하지만 지금은 황학동에 있지 않고 , 동대문구 신설동에 자리하고 있다 . 2004 년에 청계천 복원 공사를 하면서 황학동에서 동대문운동장으로 잠깐 이사를 갔다가 2006 년에 동대문운동장이 공원화가 되면서 지금의 위치로 이전을 하면서 이름도 '서울풍물시장' 으로 바뀌게 되었다 . 그렇기 때문에 안에서는 골동품을 팔지만 건물 자체는 2 층 규모의 현대식 상가 건물로 안에는 총 800 여개가 넘는 점포가 입점해 왔다 . 2013 년에는 서울 미래유산으로 등록이 되었다 .

많은 수의 상인들이 이렇게 이사를 하는 과정에 이태원이나 인사동으로 이사를 가거나 나중에 서울풍물시장으로 갔지만 일부 상인들은 구제 옷을 파는 동묘 벼룩시장 쪽으로 모이게 되었다 . 그래서 현재 지도에서 검색을 하면 동묘 벼룩시장 근처에 황학동 벼룩시장도 검색이 된다 .

청계천을 사이에 두고 위는 동묘 벼룩시장이 있고 아래에는 황학동 벼룩시장이 있다 . 나이가 많은 어르신들이 주로 가시는 시장이었지만 현재는 복고풍 제품을 선호하는 젊은이들이나 특이한 물품을 모으는 수집가들이 자주 가는 시장이다 . 특히 예능 프로그램인 < 무한도전 > 에서 빅뱅의 지드래곤이 이곳에서 촬영을 하고 < 나 혼자 산다 > 에도 나오면서 대중화되었다 .

이 두 벼룩시장은 지금 서울풍물시장에서도 멀지 않다 . 도보로 이동이 가능하므로 서울풍물시장에서 골동품을 구경하고 동묘나 황학동 벼룩시장에 와서 구제옷 또는 액세서리를 쇼핑해 보자 . 이렇게 구경을 하면서 길거리 음식도 즐기다 보면 어느덧 동대문디자인플라자 (DDP) 가 눈에 들어올 것이다 .

單字

복원 (復元／復原) : 復原、修復
입점 (入店) 하다 : 入駐、進駐
검색 (檢索) : 搜尋、檢索
복고풍 (復古風) : 復古風
선호 (選好) 하다 : 偏愛、喜好
대중화 (大眾化) 되다 : 大眾化
도보 (徒步) : 徒步、步行
어느덧 : 一晃眼、轉眼間

如前所述，首爾風物市場原先的名字為「黃鶴洞跳蚤市場」，然而現在並不在黃鶴洞，而是位於東大門區的新設洞。2004 年進行清溪川修復工程時，市場從黃鶴洞暫時移至東大門運動場，而2006 年東大門運動場轉變為公園，它因此遷移到了現在的位置，名稱也改為「首爾風物市場」。因此，它裡面雖然是販售古董品，但建築整體為兩層樓高的現代形式商家建築，共有八百多間商店進駐，於 2013 年登記為首爾未來遺產。

許多商人在搬移的過程中，轉往梨泰院或仁寺洞，或者後來才前往首爾風物市場，但也有部分商人聚集到販售舊衣物的東廟跳蚤市場，因此現在如果在地圖上搜尋東廟跳蚤市場，也會出現附近的黃鶴洞跳蚤市場。

清溪川介於其中，上方有東廟跳蚤市場，下方有黃鶴洞跳蚤市場。雖然這主要是年紀大的長輩們前往的市場，但現在也有許多愛好復古風產品的年輕人，和收集奇特物品的蒐藏家們造訪。尤其隨著綜藝節目《無限挑戰》BIGBANG 的 G-Dragon在此拍攝，以及出現在《我獨自生活》，這裡開始被一般大眾認識。

這兩個跳蚤市場距離現在的首爾風物市場都不遠。由於走路就能到，在觀賞首爾風物市場的古董品後，不妨到東廟或黃鶴洞跳蚤市場購買舊衣物或飾品吧！這樣走訪，還能品嚐路邊美食，且不知不覺間，東大門設計廣場（DDP）就會映入眼簾。

망원시장
望遠市場

市場簡介

일반적인 전통시장하면 가족이 여럿이 있는 사람이 마트보다 저렴하고 시장 특유의 분위기를 느끼기 위해 장을 보는 곳이라는 느낌이 강하지만 마포구에 있는 망원시장은 그 분위기가 사뭇 다르다. 망원시장을 지도에서 찾아보면 홍대에서 가까운 것을 알 수 있다. 그렇기 때문에 젊은 1 인 가구들이 많아서 전통시장도 그 분위기가 다르다. 다른 시장의 손님들의 나이대가 높은 것과 달리 이곳은 20대나 30대의 젊은 손님들을 심심치 않게 볼 수 있다. 그리고 일반적인 재래시장에 있는 삼겹살 식당에서는 거의 다 2 인분 이상을 주문해야 하지만, 이곳 망원시장 안의 삼겹살 식당에서는 혼자 온 손님도 어색하지 않게 삼겹살을 구워 먹을 수 있다고 한다.

유명한 음식으로는 '대파 된장 김밥', '불에 구워 먹는 아이스크림', 다양한 소스 맛을 즐길 수 있는 '닭강정', '고로케' 등이 있다. 기존의 메뉴와는 다른 색다른 음식을 파는데 많은 젊은이들의 입맛을 사로잡았다. 이렇게 사랑을 받는 곳이기 때문에 소문이 난 가게들은 항상 줄을 서야지 사서 먹을 수 있다. 만약 여러 곳에서 다양한 음식을 사서 먹어 보고 싶다면

포장을 해서 시장 안에 있는 '카페 M'으로 가서 먹으면 된다. 음료수를 한 사람에 하나만 사기만 하면 카페 내에서 다른 곳에서 산 음식들을 먹을 수 있어서 편하다. 또한 이곳에서는 시장에서 사용할 수 있는 장바구니를 빌려주기도 하니까 이용해 봐도 좋다. 그리고 망원시장에서 꼭 구매해 가야 할 품목으로 여러 사람들이 입을 모아 얘기하는 것이 바로 참기름과 들기름이다. 만약 고소한 맛을 즐긴다면 꼭 한번 구매해 보길 바란다.

單字

저렴 (低廉) 하다 : 便宜
사뭇 : 截然、非常
어색 (語塞) 하다 : 尷尬、彆扭
입맛 : 胃口、食慾
사로잡다 : 俘虜、吸引
포장 (包裝) : 包裝、打包
장 (場) 바구니 : 菜籃
품목 (品目) : 種類、清單
고소하다 : 香噴噴

一般提到傳統市場，會想到家裡有多位成員，所以為了比超市實惠的價格，以及感受市場獨特的氛圍而前往採買，然而麻浦區望遠市場的氛圍卻截然不同。在地圖上搜尋望遠市場，會發現位於弘大附近，因此，附近有許多一人家庭，傳統市場的氛圍有所不同，其他市場的客人年齡層偏高，但這裡能看到不少 2、30 多歲的年輕人。除此之外，一般傳統市場的烤肉餐廳大都要點兩人份以上，但據說望遠市場內的烤肉餐廳，即使是獨自前往的客人，也能安心享用。

這裡知名的食物有「大蔥大醬飯捲」、「火烤冰淇淋」，以及能享受各式醬料的「炸雞丁」、「可樂餅」等，販售不同於現有餐點的特色料理，吸引眾多年輕人的味蕾。這裡相當受歡迎，因此人氣店家往往要排隊才買得到。如果要購買多間店家的料理，可以外帶到市場內的「咖啡 M」享用，只要一人點一杯飲料，就能在店內品嘗其他店家的料理，十分方便。此外，這裡還能借用在市場內使用的購物籃，不妨使用看看。此外，望遠市場一定要買的東西，就是大家一致認同的芝麻油和紫蘇油，如果喜愛清香的風味，務必買來試試。

1975 년에 개설된 망원시장은 서민주택가에 위치한 재래시장으로 마포구에서는 가장 먼저 시설을 현대화한 시장으로 2008 년에는 월드컵 시장으로 다시 태어났다. 판매품목은 농수산물부터 분식 , 생활잡화까지 다양하며 현재 망원동 주민들의 생활을 톡톡히 책임지고 있다. 가격이 저렴할 뿐만 아니라 지하철 6 호선과 버스노선과도 가까워서 교통도 편리하다. 가까운 곳에는 상암 월드컵 공원과 한강 시민공원이 있어서 , 시장을 구경한 후에 공원으로 산책하러 가기에도 좋다. 시장에서 맛있는 음식을 포장해서 한강공원에 가서 피크닉을 즐기는 것은 어떨까 ?

게다가 근처에는 망리단길이라는 핫플레이스가 있다. 망원시장을 지나 한강공원 방면으로 쭉 가다 보면 망리단길이 나온다. 망리단길은 홍대거리에서 시작된 상권이 합정을 거쳐 확장된 곳으로 약 473m 의 거리에 각종 카페와 편집샵 , 소품샵 그리고 식당들이 다양하게 있다. 독특한 감성으로 꾸민 가게들이 많은데 유행의 대명사인 홍대와는 다른 느낌으로 망원동 일대는 복고풍 분위기가 매력적이다. 그렇기 때문에 젊은 사람들이 많이 와서 SNS 에 인증샷을 찍으러 많이 온다. 게

다가 〈나 혼자 산다〉, 〈수요미식회〉와 같은 텔레비전 프로그램에도 많이 소개되었다. 그래서 주말에는 12 시가 되기 전부터 길게 줄을 선 모습을 보기가 어렵지 않다.

망원동 분위기를 좋아한다면 같이 읽을 소설책도 추천한다. < 불편한 편의점 > 으로 유명한 김호연 작가의 작품으로 제목은 〈망원동 브라더스〉 이다. 망원동의 한 옥탑방에 모인 4 명의 남자들의 이야기로 아직 중국어로 번역은 되지 않았지만 한국어 소설책 읽기를 도전한다면 추천한다.

單字

개설 (開設) 되다 : 被開設、被設立
톡톡히 : 充分地、充實地
산책 (散策) 하다 : 散步
상권 (商圈) : 商業圈
꾸미다 : 裝飾、裝扮
소개 (紹介) 되다 : 被介紹
옥탑방 (屋塔房) : 閣樓
번역 (飜譯／翻譯) 되다 : 被翻譯

1975 年開設的望遠市場是位於平民住宅區的傳統市場，也是麻浦區最先跟進現代化設施的市場，2008 年以世界盃市場再次誕生。販售的品項從農水產、小吃到生活雜貨，十分豐富，很大程度負責了現代望遠洞居民的生活。這裡不僅價格低廉，而且鄰近地鐵 6 號線和公車路線，交通也很便利。附近有上岩世界盃公園和漢江市民公園，造訪市場後很適合到公園散散步。到市場外帶美味的料理，前往漢江公園野餐怎麼樣呢？

不僅如此，附近還有熱門景點——望理團路。穿越望遠市場後，往漢江公園的方向繼續走，就會看到望理團路。望理團路是從弘大街道開始的商圈，延伸到合井地帶，共約 473 公尺，沿路有各種咖啡廳、多元品牌商店、飾品店和餐廳等各式各樣的商店，許多店家都布置得獨具特色。和流行的代名詞弘大不同，望遠洞一帶的復古氛圍魅力十足，因此許多年輕人特地前來拍攝社群媒體認證照。此外，《我獨自生活》、《週三美食匯》等電視節目也經常介紹，因此在週末十二點前不難見到排隊等待的景象。

如果你喜歡望遠洞的氛圍，推薦一部小說，是以《不便利的便利店》聞名的金浩然作家的作品《望遠洞兄弟們（暫譯）》。這部小說描述居住在望遠洞一處閣樓的四位男子的故事，雖然尚未翻譯為中文版，但推薦想挑戰讀韓文書的人閱讀。

05 노량진수산시장
鷺梁津水產市場

市場簡介  29

지하철 1 호선이나 9 호선을 타면 아주 쉽게 노량진으로 갈 수 있다 . 여의도 바로 옆에 있는 이곳은 노량진이라는 이름에서도 알 수 있듯이 근처에 한강이 있다 . 원래 이름은 노들나루인데 한자로 표기하면서 노량진이 되었다고 전해진다 . 예전에는 제물포에서 오는 배들이 쉬어가는 교통의 요지였다고 한다 . 이렇게 배들이 쉬어가다 보니 자연스럽게 수산시장이 열리게 되었는데 전국 각지에서 들어오는 수산물과 해산물을 취급하며 일부 가게에서는 직접 음식도 먹을 수 있다 . 지금은 수협노량진수산이 관리한다 .

노량진수산시장에서 비싸게 판다는 말도 있지만 이건 반은 맞고 반은 틀린 말이다 . 일반 횟집에서 더 생선회를 싸게 팔 수도 있지만 노량진에서 파는 생선의 질과 그 종류에 비할 수가 없다고 한다 . 그렇기 때문에 만약에 맛있는 생선을 구매하고 싶다면 역시 노량진수산시장이나 가락시장에 갈 수밖에 없다 . 직접 생선을 사서 바로 위의 식당에서 먹어도 되지만 비용이 저렴하지는 않아 모듬회를 사서 근처의 한강에 가서 바람을 쐬면서 즐기는 것도 운치 있다 .

그리고 특이하게도 노량진에는 수산시장말고도 유명한 것이 있는데 그것은 바로 수험학원이 많다는 것이다 . 일반공무원 , 교사 , 경찰뿐만 아니라 대학재수학원까지 여러 학원이 모여 있다 . 만약에 노량진수산시장에서 구경을 하고 뭔가 아쉽다면 근처의 학원가를 한번 둘러보는 것도 재미있다 . 근처에는 수험생들을 위한 길거리 음식을 많이 파는데 , 그 중에서 컵밥이라는 것이 바로 이 노량진학원가에서 시작되었다고 한다 . 저렴한 비용이 특징인데 간식이나 커피를 사 먹어 보는 것을 추천한다 .

單字

표기 (表記) 하다 : 標記、記錄
요지 (要地) : 核心之地
취급 (取扱) 하다 : 處理、處置
쐬다 : 曬、吹
운치 (韻致) : 韻味、情致
재수 (再修) : 復讀
둘러보다 : 環視、環顧
간식 (間食) : 零食、點心

搭乘地鐵1號線或9號線，就能輕鬆前往鷺梁津。鷺梁津位於汝矣島隔壁，從名稱就能得知位於漢江附近。據傳這裡的名稱原本是「Nodeulnaru（鷺梁渡）」，為了用漢字標記，漸漸轉變為鷺梁津。據說這裡過去是從濟物浦來的船隻休憩的交通要道，船隻往來於此，自然而然就開設了水產市場，處理來自全國各地的水產和海產，在部分店家還能親自品嘗，現在由水協鷺梁津水產管理。

雖然有人說鷺梁津水產市場賣得比較貴，但這句話一半對一半錯。一般生魚片店的生魚片可能賣得更便宜，但無法和鷺梁津的海鮮品質、種類比擬。因此如果想購買美味的海鮮，不得不前往鷺梁津水產市場或可樂市場，這裡可以直接購買海鮮到上面的餐廳享用，不過費用不低，購買綜合生魚片到附近的漢江吹著風享用，也別有一番風情。

此外，特別的是，鷺梁津除了水產市場，還有一項知名產物，那就是考試補習班林立。除了一般公務員、教師、警察考試，還有大學重考班等各式補習班聚集。如果逛完鷺梁津水產市場捨不得離開，繞到附近的補習班街逛逛也很有趣。附近有很多販賣給考生的街頭小吃，據說其中的杯飯就是源自於鷺梁津補習班街，低廉的價格為其特色，另外也很推薦購買點心或咖啡來享用。

노량진수산시장은 한국에서 최초로 만들어진 수산물 전문 도매 시장이다. 1927 년에 서울역 근처에 있다가 1971 년 지금의 위치로 이전하였다. 내륙에 위치한 전국 최대 수산물 도매 시장으로 활어, 선어, 냉동어류, 해산물류, 조개류, 갑각류, 건어물류 등 370 여 종의 수산물을 취급한다. 노량진수산시장은 가락시장이 개장하면서 그 위세가 위축되었다. 게다가 시설이 낙후되고 노점에서 판매를 하다 보니 위생적인 면이 많이 지적되었다.

2010 년부터 본격적으로 현대화를 시작하여 2015 년 10 월 현재의 신축 건물로 다시 개장하게 되었다. 시장의 디자인 콘셉트는 '바다를 담은 공원' 으로 육상에는 공원이 만들어져 있고, 건물 맨 위층엔 식당들이 있어서 시장에서 구매한 수산물을 바로 조리해 맛볼 수 있다. 이렇게 위생적인 문제는 해소가 되었지만 원래 전통시장의 모습은 사라지게 되었다. 게다가 건물로 이전하는 과정에서 많은 마찰이 있었다. 일부 상인들이 좁은 장소가 비싼 임대료를 이유로 이주를 거부하여 원래 시장 자리에서 계속 장사를 하면서 오랫동안 문제가 되지 못 하고 있었다. 지금은 옛 시장은 다 철거가 된 상태이다.

그리고 2022 년에 나온 서울시 도시 계획에 따르면 옛 노량진수산시장 부지가 현재는 비어 있으므로 그곳을 이용해 여의도와 용산을 연결하는 길을 만든다고 한다. 이전에는 철도와 도로로 꽉 막혀서 버려진 공간이었는데 이곳을 노량진수산시장과 연계해 관광명소화하여 사람들이 즐길 수 있는 공간으로 변신할 예정이다.

單字

도매 (都賣) : 批發
개장 (開場) 하다 : 開放、開業
위세 (位勢) : 地位、權勢
위축 (萎縮) 되다 : 萎縮
낙후 (落後) 되다 : 落後
지적 (指摘) 되다 : 被指出、被指責
본격적 (本格的) : 正式的
조리 (調理) 하다 : 烹調
마찰 (摩擦) : 摩擦、衝突
철거 (撤去) : 拆遷、拆除
부지 (敷地) : 用地、占地
연계 (連繫／聯繫) 하다 : 連接、聯繫

鷺梁津水產市場是韓國最早的水產專門批發市場。1927 年位於首爾站附近，1971 年轉移到目前的位置。它是韓國內陸最大的水產批發市場，擁有活魚、海鮮、冷凍魚類、海產類、貝類、甲殼類、海鮮乾貨類等 370 多種海產。鷺梁津水產市場隨著可樂市場開設，地位受到了影響。除此之外，鷺梁津水產市場設施較為落後，把物品擺在路邊販售的方式也經常被指責不衛生。

其於 2010 年起正式展開現代化工程，2015 年 10 月以目前的新建築再次開放。市場的設計理念是「承載海洋的公園」，在陸地上創建了公園，且建築物最上層有餐廳，可以直接料理、享用在市場購買的海鮮。這麼一來解決了衛生問題，但傳統市場的樣貌也隨之消失。不僅如此，在搬遷建築的過程中發生了許多摩擦，部分商人因為狹小的空間與昂貴的租金而拒絕搬遷，繼續在原本市場的位置做生意，不過問題並沒有持續太久，目前過去的舊市場皆已撤除。

另外，根據 2022 年的首爾市都市計畫顯示，由於過去的鷺梁津水產市場用地現為閒置狀態，因此將會利用該地打造連接汝矣島和龍山的道路。過去是被鐵路和公路堵得水洩不通的空間，現在預計和鷺梁津水產市場連結，走向觀光化，變身為人人都能享受的空間。

06 남대문시장
南大門市場

市場簡介

서울은 조선시대 때 수도로 그 당시의 이름은 한양이었다 . 한양도성에는 4 개의 대문이 있는데 동대문 (흥인지문), 서대문 (돈의문), 남대문 (숭례문), 북대문 (숙정문) 이 있다 . 현재 서울시의 종로구와 중구의 일부가 바로 이 사대문 지역에 속한다 . 지금도 서울 사람들도 진짜 서울로 치는 곳이 바로 이곳이다 .

남대문시장은 한국을 대표하는 전통 시장으로 조선시대부터 지금까지 600 년이 넘는 역사를 가지고 있는 시장이다 . 1414 년에 만들어져서 조선 후기에는 한양의 3 대 시장으로 성장하였다 . 이곳에서 생활에 필요한 모든 상품을 구매할 수 있을 정도로 안 파는 물건이 없다 . 현재는 1 만여 개의 점포에 5 만여 명이 이곳에서 일을 한다 .

게다가 동쪽으로는 명동이 있고 서쪽에는 서울역 , 북쪽에는 시청 , 그리고 남쪽으로는 남산이 있어서 현지인뿐만 아니라 외국 관광객들도 많이 찾는 시장이다 . 코로나 이전에는 매일 40 만 명 정도가 남대문시장을 찾았다 . 명실상부한 한국의 최대 재래시장이다 .

單字

일부 (一部) : 一部分
치다 : 算、認為
대표 (代表) 하다 : 代表
현지인 (現地人) : 當地人、本地人
명실상부 (名實相符) 하다 : 名符其實

首爾為朝鮮時代的首都，當時名為漢陽。漢陽都城有四道城門，分別為東大門（興仁之門）、西大門（敦義門）、南大門（崇禮門）、北大門（肅靖門）。現今首爾市鐘路區與中區的一部分，正屬這四大門的區域，現在首爾人認定的首爾，也正是這個地方。

南大門市場為韓國代表性的傳統市場，自朝鮮時代至今，擁有超過六百年的歷史，創立於 1414 年，朝鮮後期壯大為漢陽三大市場。這裡可以購買所有生活必需品，無所不賣，現在有一萬多間店家，五萬多人在此工作。

除此之外，因為東側有明洞、西側有首爾站、北側有市廳、南側有南山，不只是當地人，外國遊客也經常造訪這個市場。新冠肺炎爆發前，每天約有 40 萬人前往南大門市場，是名符其實韓國最大的傳統市場。

남대문시장에 구경을 하고 나서 배가 출출하다면 이곳에서 허기를 채워도 좋다. 가장 유명한 메뉴는 바로 칼국수와 갈치조림이다. 오죽 유명하면 칼국수 골목과 갈치조림 골목이 형성되었다. 칼국수 골목은 회현역 5번 근처에 있고, 갈치조림 골목은 숭례문수입상가 근처에 있다. 특히 1988년쯤 만들어진 갈치조림 골목은 그 당시 가격이 쌌던 갈치를 매콤하게 조려 내놓았던 메뉴가 점점 입소문을 타고 유명하게 되었다. 그리고 식사 후에 달콤한 디저트가 생각이 난다면 회현역 입구 쪽에 남대문 야채호떡에 가 보자. 꿀호떡, 야채호떡, 팥호떡 총 3가지 맛을 고를 수가 있다.

남대문시장은 조선 시대 때부터 전국에서 특산품들이 올라오는 전국적인 시장이었다. 식품, 일용품, 농수산품, 공예품, 주류 등 안 파는 물건이 없는 시장이었는데 그 중에서도 어물을 독점하였다. 그래서 '동부채 칠패어(東部菜七牌魚)'라는 말이 있을 정도였는데, 여기에서 칠패는 남대문시장의 전신이다. 일제강점기 시대에는 시장의 주인이 일본인으로 바뀌면서 한국 상인들은 도성 밖으로 점포를 옮겨야만 했다. 하지만 해방 후에 다시 시장이 활기를 띄었으나 다시 1950년 6월 25일 한국 전쟁이 발발하여 상인들은 다 시장을 떠나 피신을 가게 되었고 시장터는 폐허가 되었다. 전쟁이 끝난 후 다시 천천히 시장은 다시 회복을 하게 되었다. 그 당시 남대문시장은 그 전과 다르게 구호물자와 미국부대의 군수품을 몰래 거래하는 곳이었다. 그렇기 때문에 단속을 피하기 위해서 새벽에 시장이 열리고는 하였다. 하지만 나중에는 이 새벽시장이 수입 상가가 되었고 지금까지도 새벽에 영업을 하고 있다. 1980년대의 남대문시장은 당시 패션을 주도하는 곳이었다. '남문패션'이란 말이 유행할 정도였다. 여성복, 남성복, 신발 등 특히 아동복 판매는 한국 전체 시장의 90%를 차지하였다. 거기에 액세서리 시장도 뜨기 시작하였다. 이 외에도 남대문시장에는 한국 최초의 꽃 도매 시장인 대도꽃종합상가가 있다. 하지만 나중에는 양재꽃시장이 커지면서 꽃시장은 축소되었다고 한다.

單字

출출하다 : 有點餓
허기 (虛飢) : 飢餓感
매콤하다 : 微辣
특산품 (特產品) : 特產、名產
독점 (獨占) 하다 : 獨占、壟斷
피신 (避身) : 躲藏
폐허 (廢墟) : 廢墟
단속 (團束) : 管制、查處

逛完南大門市場，如果覺得肚子餓，可以在這裡充飢。這裡最知名的料理就是刀削麵和辣燉白帶魚，因為十分著名，形成了刀削麵街和辣燉白帶魚街。刀削麵街位於會賢站 5 號出口附近，辣燉白帶魚街則位於崇禮門進口商城附近。尤其是 1988 年左右建立的辣燉白帶魚街，以微辣的口味燉煮當時價格低廉的白帶魚，逐漸口耳相傳、聲名遠播。另外，用餐過後如果想來點香甜的點心，就到會賢站出口一帶找南大門蔬菜糖餅吧！有蜂蜜糖餅、蔬菜糖餅和紅豆糖餅共三種口味可以選擇。

南大門市場自朝鮮時代開始，就是匯集全國各地特產品的市場。食品、生活用品、農水產品、工藝品、酒類等無所不賣，其中更壟斷了魚貨，因此過去有「東部菜七牌魚」的說法，這裡的「七

牌」指的就是南大門市場的前身。日本統治時期，市場的主人變成了日本人，韓國的商人們被迫將店鋪搬遷到都城外，不過解放之後，市場再次恢復了活絡。但 1950 年 6 月 25 日又爆發韓戰，商人們都離開市場去避難，導致市場成為廢墟。戰爭結束後，市場再次慢慢恢復。當時的南大門市場不同於以往，為私下交易救援物資和美國部隊軍需品的地方，因此為了避開管制，市場清晨就開市，後來這個清晨市場變成了進口商街，至今仍從清晨開始營業。1980 年代的南大門市場是當時引領潮流的地方，甚至流傳「南門時尚」的說法，包含女性衣物、男性衣物、鞋子等，尤其童裝更佔據了全韓國 90% 的市場，該處的飾品市場也開始受到歡迎。除此之外，南大門市場也有韓國最早的花卉批發市場——大道花卉綜合商街。不過後來隨著良才花市擴張，花市逐漸萎縮。

07 마장동축산시장
馬場洞畜產市場

市場簡介  33

마장동이라는 이름은 한국 사람이면 듣자마자 바로 서울의 대표적인 우시장이라는 이미지가 떠오른다. 그만큼 마장축산물시장의 명성은 아주 자자하다. 마장동은 원래 '마장' 이라는 이름에서 알 수 있듯이 조선 초기부터 이곳에 말을 키우던 양마장이 있어서 '마장내 (馬場內)', '마장리 (馬場里)' 라고 했다. 조선시대의 왕들의 사냥터이자 군인들 훈련장이고 말 목장이었다. 전국에서 좋은 말이 한양으로 오게 되면 암컷은 지금의 건국대학교 자리로 보내고, 수컷은 마장동으로 보냈다고 한다. 그런데 말과 축산물시장과는 무슨 관련이 있을까? 사실 관련은 없다. 단지 1958 년에 숭인동 가축시장이 이곳으로 이사를 오고 나서 청계천 근처의 판잣집을 철거하고 시장을 만들었다. 그후 최신설비를 갖춘 도축장이 들어서면서 축산물시장의 모습을 가지게 되었다.

1980 년대부터 서울은 급격하게 발전하기 시작하였는데 그에 따라 1998 년에 마장동 주변도 개발되기 시작하였다. 아파트 근처에 도축장이 있는 것이 적합하지 않아 도축장은 다른 지역으로 이전하게 되었고 정육을 취급하는 가게들만 남아서 축산물시장을 계속 이어 나가게 되었다. 시장 근처에는 마장시외버스터미널이 있어서 유통에도 유리하며, 현재 마장축산물시장은 2 천여 개의 축산물을 취급하는 가게들이 모여 있는데, 수도권 축산물 유통의 60~70% 를 담당하는 전문 축산물 시장으로 거듭났다. 한국 사람들이 제일 좋아하는 소고기는 역시 한우인데, 맛있고 신선한 한우를 사고 싶은 사람이라면 꼭 지나칠 수 없는 시장이 바로 이곳이다. 소고기를 생으로 먹는 육회도 머뭇거려지더라도 한번 도전해 보는 것은 어떨까?

單字

우시장 (牛市場) : 牛市場
자자 (藉藉) 하다 : 廣為流傳
사냥터 : 狩獵地
암컷 : 母馬
수컷 : 公馬
이어 나가다 : 接續
거듭나다 : 重生、重新開始
머뭇거리다 : 猶豫、躊躇

韓國人一聽到「馬場洞」這個名字，就會立刻聯想到是首爾代表性的牛市場。由此可知，馬場畜產市場的名聲馳名遠近。從馬場洞名稱內的「馬場」可以得知，這裡自朝鮮時代初期開始就有飼養馬的養馬場，因此稱作「馬場內」、「馬場里」。這個馬牧場過去是朝鮮時代君王的狩獵地以及軍人的訓練場地。全國各地的好馬來到漢陽後，母馬被送到現今建國大學的位置，公馬則被送到馬場洞。不過，馬和畜產市場有什麼關聯呢？其實並沒有關聯，只是在 1958 年，崇仁洞家畜市場遷到這裡後，拆除清溪川附近的鐵皮屋並建了市場。之後，隨著擁有最新設備的屠宰場進駐，形成了畜產市場的風貌。

1980 年起，首爾開始迅速發展，因此 1998 年馬場洞附近也跟著發達起來。由於公寓附近不適合有屠宰場，因此被轉移到其他地方，只剩下販賣肉的店家，導致畜產市場相繼出走。由於市場附近有馬場市外巴士站，利於輸送，現今的馬場畜產市場聚集了兩千多家販售畜產品的店家，成為負責 60~70% 首都圈畜產品的專門畜產市場。韓國人最喜愛的牛肉非韓牛莫屬，若是想要購買美味又新鮮的韓牛者，絕對不能錯過的市場就是這裡。如果你在猶豫是否要品嘗生食牛肉的生拌牛肉，要不要挑戰一次看看呢？

축산물시장에서 가장 중요한 것은 무엇일까? 당연히 신선한 고기이겠지만, 그 고기를 부위별로 나누고 뼈를 추리는 작업인 '정형'이다. 정형사라는 직업이 육체노동이 주가 되기도 하지만 위험한 작업이기 때문에 배우는 단계에서 그만두는 사람이 많다고 한다. 하지만 일단 경험이 쌓인 정형사는 남들이 쉽게 도전할 수 없는 기술을 가진 것이기 때문에 수입은 괜찮은 편이라고 한다. 하지만 한국에서는 원래 고기를 취급하는 직업이 신분제 사회의 가장 아래에 위치하여서 1990년대까지만 하더라도 한국 사회에서는 차별을 당하기도 하였다. 그렇기 때문에 마장축산물시장의 정형사들도 이런 영향에서 벗어날 수가 없었다. 그래서 예전에 마장축산물시장에서 사진을 찍거나 동영상을 찍으려면 사람 얼굴이 나오면 안 됐다. 실제로 옛날 사진을 보면 시장 분들의 얼굴이 제대로 나온 사진은 거의 없다고 한다. 그렇기 때문에 유명한 시장이지만 언론 매체에 크게 소개된 적이 없었다. 심지어 2011년에 텔레비전에서 고기를 다듬는 작업을 소개할 때도 출연자들의 얼굴이 잘 나오지 않았다. 하지만 이 직업에 대한 인식이 점점 좋아지게 되어 지금은 여러 매체에도 소개되며 유명해졌다. 초상권에 예민했던 상인들이나 정형사분들도 지금은 인터뷰에도 참여하는 등 달라진 인식을 보여주고 있다. 그리고 2016년 빅뱅이 이곳에서 < 에라 모르겠다 > 의 뮤직 비디오를 촬영하였다.

단
字

추리다 : 挑出、選出
육체노동 (肉體勞動) : 費力
다듬다 : 處理
초상권 (肖像權) : 肖像權

畜產市場最重要的是什麼呢？雖然理應是新鮮的肉，但其實是將肉區分部位、去骨的「整形」作業。整形師這個工作做起來費力，而且具危險性，據說很多人在學習階段就放棄。不過，整形師只要累積了經驗，即擁有他人無法輕易挑戰的技術，因此收入相當不錯。然而在韓國，處理肉類的職業位屬社會最低階，因此在 1990 年代以前，他們在韓國社會中還是備受歧視。因為這個因素，馬場畜產市場的整形師們也無法擺脫這種影響，所以過去若要在馬場畜產市場拍照或錄影，是不能暴露人臉的。據說過去的照片中，幾乎沒有完整出現市場工作者的臉。所以這個市場雖然有名，卻未曾被媒體大力報導，甚至在 2011 年，電視介紹處理肉的作業時，也未公開演出者的臉。但是現在大眾對這個職業的認知

逐漸好轉，隨著多家媒體介紹，這裡也愈來愈知名。過去對肖像權敏感的商人和整形師們，現在也會參與訪談，展現出不同於以往的認知。另外，2016 年 BIGBANG 也在此處拍攝〈FXXK IT〉的 MV。

08 춘천 낭만시장 (구. 중앙시장)
春川浪漫市場 (舊中央市場)

市場簡介  35

서울의 용산역이나 청량리역에서 ITX 청춘열차를 타고 가면 한 시간쯤 후에 춘천역에 도착한다. 춘천은 강원도에서 볼 때 수도권에서 가장 가까운 대도시이자, 인구가 가장 많은 도시이다. 그리고 소양댐이 건설되면서부터 큰 호수가 4 개나 생기게 되면서 호반의 도시라고 불린다. 춘천은 서울의 북쪽에 위치하기 때문에 상수원 보호규제가 있었다. 이 때문에 춘천 인근의 공업 발전이 막혀서 이전에는 발전이 더뎠었다. 하지만 최근에는 관광산업과 바이오산업 쪽으로 발전함으로서 인구 30 만을 앞두고 있는 대도시가 되었다. 특히 춘천에는 북한강이 흐르기 때문에 댐 건설 전에는 인근 지역의 상품들이 모여드는 중심지였다. 여기서 물건들을 모아 북한강을 통하여 서울까지 운반하였다고 한다.

이렇듯 춘천 시내에는 조선시대 이전부터 오일장이 있었고 1952 년에는 미군들에 의해 500 여 개의 점포들이 만들어졌다. 춘천 근처에 있는 미군 캠프에서부터 흘러나온 미군 물품을 팔기도 해서 '양키시장' 이라고 불렸다. 그렇지만 1960 년대부터 '춘천중앙시장' 으로 불리다가, 나중에 2010 년 경춘선 복선전철 개통과 함께 '춘천낭만시장' 이라는 이름으로 바뀌었다. 그래도 지금까지도 춘천 현지 사람들에게는 '춘천중앙시장' 이라는 이름이 더 익숙하다고 한다. 춘천낭만시장은 2002 년도부터 실시한 활성화 사업으로 현대화되면서 지상 3 층으로 되어 있다. 시장 안에서는 의류, 식재료, 잡화 등 여러 물품들을 팔고 있으며 동문 쪽은 춘천 닭갈비 골목과 연결되어 있다.

單字

댐 : 水壩
인근 (鄰近) : 鄰近、附近
더디다 : 緩慢、遲緩
바이오 (bio) : 生物
모여들다 : 聚集
운반 (運搬) 하다 : 運送、運輸
캠프 (camp) : 露營、露營地
흘러나오다 : 流出

從首爾的龍山站或清涼里站搭乘 ITX 青春列車，大約一個小時就能抵達春川站。以江原道來看，春川是距離首都圈最近的大城市，同時也是人口最多的都市。此外，昭陽大壩建設後，這裡就有四個大湖，因此又稱作湖畔都市。春川位於首爾北側，所以有上水源保護規定，因此春川附近無法進行工業發展，過去發展緩慢。不過近來隨著觀光產業和生物科技產業發展，已成為人口近 30 萬的大都市。尤其春川有北漢江流經，在建設水壩之前，這裡是鄰近地區商品聚集的中心地帶。物品在這裡聚集後，透過北漢江運往首爾。

因此春川市區在朝鮮時代前有五日市集，1952 年美軍建立了五百多間店鋪。由於這裡也販售春川附近美軍營地流出的美軍用品，因此又稱作「美國佬市場」。不過自 1960 年代開始，改稱「春川中央市場」，2010 年京春線複線鐵路開通後，改名為「春川浪漫市場」，但至今對春川當地人來說，「春川中央市場」這個名字還是最為熟悉。春川浪漫市場因 2002 年起實施的活絡事業而開始現代化，成為地上三層樓的建築。市場內售有服飾、食材與雜貨等各種物品，東門一側和春川辣炒雞排街相連。

춘천이 관광도시로 성장한 이유는 단언컨대 한국의 대중문화 배경과 소재로 자주 등장했기 때문이다. 대중 가요에는 < 춘천 가는 기차 >, < 소양강 처녀 > 가 있고, 드라마로는 < 겨울연가 >, < 부부의 세계 > 등이 춘천에서 촬영되었다. < 춘천 가는 기차 > 는 1989 년에 김현철이 발표한 노래로 조성모, 태연 등이 나중에 리메이크해서 부르기도 했는데, 가사 내용은 헤어진 연인을 그리워하며 겨울에 춘천으로 기차를 타고 가는 내용으로 오래된 노래이지만 서정적인 분위기로 지금까지도 많은 사람들에게 불리고 있다. 드라마로서는 < 겨울연가 > 가 유명하다. 2002 년에 방영된 KBS 드라마로 한국을 넘어서 외국까지 유행을 했는데 특히 일본에서 대유행을 하면서 한류의 시초가 되었다. 드라마의 초반부의 배경이 춘천이었기 때문에 많은 국내외 사람들이 춘천으로 관광을 오기 시작하였다.

드라마로 유명해진 남이섬은 원래 홍수 때에만 섬이 되었지만 1944 년에 청평댐이 건설되면서 북한강 수위가 상승함에 따라 완전한 섬이 되었다. 지금은 나미나라 공화국이라는 남이섬 위에 세워진 나라라는 특수 관광지 형태를 하고 있는데 단일 관광지 중에서 외국인 방문객이 최다인 지역이 바로 이곳이라고 한다. 남이섬에서 북한강 줄기를 따라 북쪽으로 올라가면 자라섬이 나오는데 해방 이후 중국인들이 살아서 '중국섬' 이라고 불렸다가 1986 년에 '자라섬' 이라고 바뀌었다고 한다. 이곳에는 캠핑과 서핑을 즐기러 많은 사람들이 온다. 거기에 매년 10 월에는 자라섬 재즈 페스티벌이 열리는데 자연에서 캠핑을 하면서 수준급 음악을 즐길 수 있는 좋은 기회이다.

單字

리메이크 (remake) 하다 : 翻唱、改編
서정적 (抒情的) : 抒情
최다 (最多) : 最多
줄기 : 水流；莖
페스티벌 (festival) : 慶典
수준급 (水準級) : 上乘、高品質

春川之所以能以觀光都市成長，理所當然地，是因為經常出現在韓國大眾文化背景和介紹中。大眾歌謠〈前往春川的火車〉、〈昭陽江少女〉以及電視劇《冬季戀歌》、《夫妻的世界》等，皆在春川拍攝。〈前往春川的火車〉為 1989 年金賢哲發表的歌曲，後來由曹誠模、太妍等翻唱，歌詞內容描述思念已分手的戀人，冬天搭上前往春川的火車，雖然是老歌，但因其抒情的氛圍，到現在仍有許多人傳唱。電視劇《冬季戀歌》相當知名，為 2002 年上映的 KBS 電視劇，不僅在韓國，在國外也聲名大噪，尤其在日本更是造成轟動，成為韓流的始祖。由於電視劇開頭的背景為春川，自此許多國內外的人開始前往春川觀光。

因電視劇而知名的南怡島，原本只有在洪水時會變成島，1944 年隨著清平大壩建設，北漢江水位上升，這裡才成為完整的島。現在稱作「南怡共和國」的南怡島，以特殊觀光景點的型態存在，當日外國訪客最多的觀光景點正是這裡。從南怡島沿著北漢江的水流北上，會出現鱉島，由於解放後中國人居住於此，這裡曾經被稱作「中國島」，1986 年後才改稱為「鱉島」。許多人會來這裡露營和衝浪，每年十月，鱉島會舉辦爵士樂節，這是在大自然中露營並享受高品質音樂的好機會。

09 신포국제시장
新浦國際市場

市場簡介  37

대만에 지룽항이 있고, 일본에 요코하마항이 있다면 한국에는 바로 인천항이 있다. 인천항은 한국의 주요 관문의 역할을 할 뿐만 아니라 서울 근처 외항의 기능을 한다. 개항 이전에는 작은 어촌 마을에 불과하였으나 조선의 수도인 한양과 가까웠기 때문에 가장 먼저 문호를 개방하였으며 이에 따라 많은 내외국인들이 인천으로 모여들기 시작하였다. 후에 1883년에 개항을 할 때 이 근처에 자연스럽게 시장이 만들어지게 되었는데 이것이 바로 지금의 신포국제시장이다.

이 지역의 당시 지명이 신포였기 때문에 인천이 아닌 신포라는 이름이 붙게 되었다. 원래 번성하였으나 한국전쟁 때 폭격으로 없어졌다가 시간이 흐른 후 상인들이 모여들어 다시 시장이 만들어지게 되었다. 현재는 150여 개의 점포가 있으며 수선골목, 생선골목, 반찬골목, 의류 골목 등으로 나뉘어져 있다. 그중에서도 가장 유명한 것이 바로 먹거리 골목이다. 수많은 음식 가운데에서도 가장 유명한 것은 닭강정인데, 이곳에서 닭강정이 만들어졌다고 한다.

'신포닭강정'은 지금도 매운 닭강정의 대명사인데 원래는 1985년 이곳에 문을 연 가게의 이름이 바로 '신포닭강정'이라고 한다. 바삭하게 튀겨낸 닭고기에 청양고추를 넣고 매콤한 양념으로 버무린 것이 다른 곳의 닭강정과는 차별을 둔다. 지금은 시장 안에 닭강정 골목도 있다. 그 외에도 만두, 칼국수, 쫄면, 산동만두, 순대, 각종 튀김 등 여러 가지 음식이 유명하다. 2002년에 시장을 활성화하기 위하여 이름을 국제시장으로 바꾸었는데 그에 따라 시장 안에 다문화 음식골목도 있으며 거리 공연도 볼 수 있다.

 單字

관문 (關門) : 門戶、關口
외항 (外港) : 外港
어촌 (漁村) : 漁村
수선 (修繕) : 修理、維修
바삭하다 : 酥脆
튀기다 : 炸、油炸
버무리다 : 加入、混合

如果說台灣有基隆港、日本有橫濱港，韓國則是有仁川港。仁川港不僅扮演韓國主要的門戶，更是首爾附近的外港。仁川港開港之前只是個小漁村，但由於鄰近朝鮮的首都漢陽，而最先開放門戶，自此之後，許多國人、外國人開始聚集在仁川。後來 1883 年開港時，附近自然而然形成了市場，也就是現在的新浦國際市場。

這個地方當時的名字是新浦，因此並非以仁川，而是以新浦命名。這裡原本相當熱鬧，但在韓戰時被轟炸消滅，時間久了後商人集聚，再度形成市場。現在有 150 多間店鋪，分為修繕街、鮮魚街、小菜街與服飾街等，其中最有名的就是美食街。而眾多料理中，最有名的是炸雞丁，傳聞炸雞丁便是源自於此。

「新浦炸雞丁」至今仍是辣味炸雞丁的代名詞，據說 1985 年在這裡開店的店家，就叫做「新浦炸雞丁」。炸得酥脆的雞肉，搭配加入青陽辣椒的香辣醬料，與其他地方的炸雞丁不同，現在市場內還有炸雞丁街。此外，水餃、刀削麵、筋麵、山東饅頭、血腸與各種炸物等料理也很知名。2002 年為活絡市場，將名稱改為國際市場，隨後市場內也有了多元文化料理街，還能欣賞街頭表演。

많은 외국인들이 한국에 여행을 올 때 인천국제공항을 통해서 들어오게 된다. 하지만 예전에는 인천항을 통하여 들어왔는데, 그중에서도 중국 산동지방의 중국인과 일본인들이 많이 들어왔다. 신포국제시장의 유명한 음식 중에 산동만두와 공갈빵을 빼놓을 수가 없는데 이렇게 중국 음식이나 다른 나라의 음식을 맛볼 수 있다는 점에서 이국적인 분위기를 느낄 수 있는 특징이 있다. 신포국제시장은 인천항 바로 동쪽에 위치하는데 그 아래쪽에는 수산시장이 있고 위쪽에는 차이나타운이 있다. 차이나타운과 일본풍 거리, 동화마을, 월미도는 인천에 가면 꼭 가 봐야 하는 명소이다.

인천차이나타운은 한국에서 가장 큰 차이나타운으로 한국인이 좋아하는 짜장면이 바로 이곳에서 탄생하였다. 거의 대부분의 화교가 대만 국적을 가지고 있는데 서울, 부산, 대구, 광주, 춘천, 청주에 분포되어 있다. 재한화교는 다른 나라의 화교와는 다르게 연고가 한국과 지리적으로 가까운 중국 산동성에 온 사람들이 많은 편이다. 국공내전 이전에 넘어온 사람들이고 냉전 시대의 국제관계로 인해 이후에도 대부분 중화민국 국적을 유지했으며 지금도 그 정체성을 가지고 있다. 한국 무역을 담당했던 경제력이 대단한 집단이었지만 정치적 권리가 없었기 때문에 한국 정부의 억압 정책에 많은 화교들이 한국을 떠났다. 현재는 2만 명이 안 된다. 남은 사람들은 거의 대부분이 음식점이나 중의원으로 생계를 꾸렸다. 재한화교는 2002년부터 아무 조건 없이 한국영주권을 받게 되었고 2006년부터는 투표권도 갖게 되어 그 전보다 처우가 많이 개선되었다.

單字

빼놓다 : 遺漏；選出
재한화교 (在韓華僑) : 在韓華僑
연고 (緣故) : 原因；緣分、關係
냉전 (冷戰) : 冷戰
억압 (抑壓) : 壓制、壓迫
집단 (集團) : 團體、群體
생계를 꾸리다 : 維持生計
처우 (處遇) : 待遇

許多外國人前來韓國旅行時，會從仁川國際機場入境，不過以前是從仁川港進入，其中也有許多來自中國山東地區的中國人和日本人。新浦國際市場的知名料理中，不能錯過山東水餃和榿餅，像這樣能在此品嘗中國料理或其他國家的料理，從這一點就能感受到這裡的異國氛圍特色。新浦國際市場位於仁川港東側，下方有水產市場，上方有中國城。中國城、日本風街道、童話村和月尾島，都是造訪仁川必去的景點。

仁川中國城為韓國最大的中國城，韓國人喜愛的炸醬麵就是誕生於此。幾乎大部分的華僑都擁有台灣國籍，分布於首爾、釜山、大邱、光州、春川與清州。在韓華僑和其他國家的華僑不同，大多來自和韓國地理位置相近的中國山東省。國共

內戰以前，他們就來到這裡，冷戰時期由於國際關係因素，後來大部分維持中華民國國籍，至今仍是如此。他們在韓國貿易上是經濟實力優秀的群體，但是因為沒有政治權力，受迫於韓國政府打壓政策的華僑們，紛紛離開韓國，現在華僑人數不到兩萬名，留下來的人大多開設餐廳或中醫院，藉此維持生計。在韓華僑自 2002 年起，不需任何條件就能取得韓國永久居留權，從 2006 年起也擁有投票權，相較以往的待遇改善許多。

10 청주 육거리종합시장
清州六街綜合市場

市場簡介

육거리시장의 육거리는 말 그대로 근처에 길이 여섯 개가 났기 때문인데 충북 청주시의 가장 번화한 곳에 위치한다. 전국 5 대 재래시장에 꼽힐 정도로 규모도 크고, 근처 12 개의 시장을 모아 현대화에 성공한 대표적인 시장이다. 이 시장은 자연 발생적으로 만들어진 시장으로 조선시대 때에 이미 그 형태를 갖추었다. 청주에는 시내를 통과하는 무심천이 있는데, 이곳에 옛날부터 우시장이 열렸다고 한다. 이 우시장이 나중에 청주 우시장을 만드는 원동력이었는데, 그 이유가 청주 우시장이 수원의 우시장에 이어 전국에서 두 번째로 큰 우시장이었으며 위치도 내륙 중앙에 있었기 때문이다. 나중에는 농산물을 팔기 시작했으며, 점점 번성하여 근처에 국밥집과 대장간도 생기는 등 시장의 규모가 커졌다.

합쳐진 12 개 시장에는 농기구 거리, 산나물 채소 거리, 방앗간 거리, 농축수산물 거리, 약재 거리, 전 (煎) 거리, 혼수 거리, 한마음 패션 거리, 먹자 거리, 꽃다리, 도깨비시장 (새벽시장) 이 있는데 없는 것이 없는 대형 시장이다. 전체 규모가 약 9 만 9,000 제곱미터로 축구 경기장 15 개를 합친 정도이다. 입점한 가게나 노점을 합치면 거의 9,000 개에 달한다. 그래서인지 예전부터 "이 시장에서 돈을 벌지 못하면 어떤 시장에서도 돈을 벌 수 없다."라는 말이 전해질 정도로 장사가 잘되는 시장이다. 또한 한국에는 새벽시장이 잘 없는데 이곳의 새벽시장은 꽤 유명하다. 그리고 농민이 직접 생산한 농산물을 바로 거래할 수 있다는 장점이 있다. 시장 안에 유명한 맛집들이 많은데 가장 유명한 것은 '꼬마족발', '통닭', '새우만두' 등이 있다.

單字

대장간 (間) : 打鐵舖
산 (山) 나물 : 山野菜
혼수 (婚需) : 嫁妝
제곱미터 (--meter) : 平方公尺

六街綜合市場的六街，就如同字面意思，源自於附近有六條街，位於忠北清州市最繁華之處。這個市場規模龐大，足以被選入全國五大傳統市場，同時也是匯聚附近 12 個市場現代化的成功案例。這個市場是自然形成的，朝鮮時代就已是這樣的狀態。清州內有流經市區的無心川，據說這裡自古以來就是牛市場。這個牛市場是後來打造清州牛市場的原動力，因為清州牛市場緊接在水源牛市場之後，為全國第二大牛市場，且位於內陸中央。後來這裡開始販售農產品，漸漸繁榮起來，附近也開始出現湯飯店和打鐵舖，市場規模隨之擴大。

被合併的 12 個市場有農具街、山野菜街、雜糧行街、農畜水產街、藥材街、煎物街、嫁妝街、時尚街、美食街、花橋、鬼怪市場（早市），為無所不有的大型市場。整體規模約 99,000 平方公尺，為十五個足球場之大，進駐的店家及攤販合計近 9,000 間。或許因為這個關係，這裡自古以來流傳「如果在這個市場賺不到錢，在任何市場都無法賺到錢」的說法，可見這個市場的生意有多好。另外，韓國的早市不多，而這裡的早市相當有名。再者，這裡的優點是能讓農民直接交易自己生產的農產品。市場內有許多美食店家，最知名的有「迷你豬腳」、「全雞」、「鮮蝦水餃」等。

육거리시장 옆에는 성안길이라는 쇼핑을 담당하는 거리가 있다 . 요즘에는 상권이 좀 죽었다는 느낌을 받지만 , 여전히 청주의 중요한 만남의 장소 중의 하나이다 . 근처에는 중앙공원이 있는데 , 이곳에는 청주에 와서 안 먹고 가면 섭섭한 명물이 있다 . 그것은 바로 '쫄쫄호떡' 이다 . 이 호떡은 다른 지역의 호떡과는 다르다 . 한입 베어 물어도 안에 있는 꿀이 전혀 흐르지 않는다 . 겉은 바삭하고 안은 촉촉한 식감이 겨울철에 발걸음을 호떡집으로 돌리게 한다 . 그것 이외에도 호떡 굽는 철판을 밖에다 두고 팔기 때문에 그 냄새를 맡으면 정말 쉽사리 거부할 수가 없다 . 그리고 호떡은 원래 겨울철 길거리 음식이라는 인식이 강하지만 청주에서는 사계절 '겉바속촉' 의 쫄쫄호떡을 즐길 수 있다 . 청주 출신 배우 한효주도 이 쫄쫄호떡을 어렸을 때부터 먹었다고 하면서 예능 프로그램 < 서울촌놈 > 에서 소개했다 . 이 호떡이 다른 호떡과 다른 이유는 일반적인 호떡은 달콤한 꿀이 안에 들어있는데 , 쫄쫄호떡은 쫄깃쫄깃한 반죽 겉에 달콤한 꿀을 발라서 튀기는 방식으로 만들기 때문에 많이 달지 않고 맛있다 .

그리고 육거리시장에서 멀지 않은 곳에 서문시장이 있는데 이곳에는 삼겹살거리가 있다 . 원래 옛날부터 돼지고기를 임금님께 진상했을 정도로 청주의 돼지고기가 유명했다고 한다 . 이곳에서는 여러 가지 방식으로 삼겹살을 먹을 수 있다 . 소금을 뿌려 먹는 방식이나 숯불에 구워 먹는 방식도 있고 청주식 삼겹살 구이도 있는데 , 청주식은 생삼겹살을 간장소스에 담가 놓았다가 구워 파절이와 함께 먹는다 . 3 월 3 일에는 삼겹살 축제가 열려 여러 가지 체험을 할 수 있다 .

單字

명물 (名物) : 特產 ; 名人
전 (全) 혀 : 全然、完全
촉촉하다 : 潮濕、濕潤
쉽사리 : 輕易地
반죽 : 麵團
진상 (進上) 하다 : 進貢
숯불 : 炭火
생삼 (生三) 겹살 : 烤豬五花肉

六街綜合市場旁邊有名為「城內街」的購物街。近來商圈有較為蕭條之感，但這裡仍為清州重要的會面地點之一。附近有中央公園，這裡有到此沒品嘗會後悔的名產，那就是「QQ糖餅」。這個糖餅和其他地區的糖餅不同，即使咬了一口，裡面的蜂蜜也不會流出來，外酥內軟的口感，讓人在冬季時不自覺前往。除此之外，烤糖餅的烤盤放置在外面，讓人只要聞到味道，便難以拒絕。而且糖餅原本大多給人冬季路邊小吃的印象，但在清州，四季都能享用「外酥內軟」的QQ糖餅。出身自清州的演員韓孝周，曾經在綜藝節目《首爾鄉巴佬》中介紹這款從小吃到大的QQ糖餅。這個糖餅和其他糖餅不同的原因在於，一般糖餅是裡面加蜂蜜，這裡則是以有嚼勁的麵團抹蜂蜜，再用炸的方式製作，美味而不過甜。

除此之外，距離六街綜合市場不遠處有西門市場，這裡有豬五花街。清州的豬肉十分有名，過去甚至要將豬肉進貢給君王。在這裡，可以用各種方式品嘗豬五花肉，可以灑鹽品嘗或以炭火烤，也能做成清州式烤豬五花肉。清州式是將生的豬五花肉泡醬油後燒烤，並搭配蔥花一起品嘗。三月三日為五花肉節，可以體驗各種活動。

11 서문시장
西門市場

市場簡介 41

대구하면 서문시장, 서문시장하면 대구의 대표 전통시장이다. 서문시장은 조선시대 때부터도 유명한 시장이었다. 원래는 대구성 북문 밖에 개설되었던 작은 규모의 시장이었고 매월 2일과 7일에만 장이 열렸다. 임진왜란 이후 대구가 영남지방의 정치와 행정의 중심지가 되면서 자연스럽게 시장들이 발달하게 되었다. 이때 대구장은 서문 밖으로 이전하였고, 서문 밖에 있는 시장이라는 의미로 '서문시장'이라고 불리게 되었다. 예전 기록에 의하면 18세기 후반 서문시장은 장날이 되면 서울, 평양, 의주, 원주, 충주, 공주, 전주, 광주 등지에서 활동하는 큰 상인들이 찾아와 활기를 띠었다고 한다.

서문시장은 대구시 자체가 커지면서 1922년에 공설시장이 되고 지금의 위치인 대신동으로 이전하게 되었다. 현재는 4000여 개가 넘는 점포에 2만 명의 상인이 있다고 한다. 전국에서 최대 규모로 주단, 포목 등의 원단이 거래되는 시장인데, 그 이유는 대구가 한국의 섬유 산업의 중심지였기 때문이다. 박정희 대통령 시절인 60년대부터 섬유산업이 국가의 전략사업으로 육성되기 시작하였다. 그

에 따라 대구를 중심으로 구미, 왜관에 수많은 섬유관련 공장들이 들어서게 되었다. 그렇기 때문에 서문시장에서 파는 제품 중에서 거의 절반에 차지할 정도로 중요한 품목이 섬유와 관련된 상품이었다. 이처럼 서문시장은 한국을 통틀어 가장 큰 포목 도소매 시장으로 성장하였을 뿐만 아니라 경상도에 중점적으로 지어진 경공업 공장의 생산 증가에 따라 전국 최고의 시장이 되었다.

單字

활기 (活氣) : 朝氣、活力
띠다 : 浮現、呈現
포목 (布木) : 棉麻布、布匹
거래 (去來) 되다 : 交易
섬유 (纖維) : 纖維
육성 (育成) 되다 : 被養成、被培養
차지하다 : 佔據、佔有
통틀어 : 統統

提到大邱，就想到西門市場，提到西門市場，便是大邱的代表傳統市場。西門市場從朝鮮時代開始就是知名市場，原本開設於大邱城北門外，為小規模的市場，只有每月 2 日和 7 日開設。壬辰倭亂後，大邱成為嶺南地區的政治和行政中心，市場自然而然發達了起來。此時的大邱市場搬遷到西門外，而因為市場位於西門外，所以開始被稱作「西門市場」。根據過往的紀錄顯示，十八世紀後半，西門市場開市時，在首爾、平壤、義州、原州、忠州、公州、全州、光州等地活動的大商人都會前來，十分熱鬧。

西門市場隨著大邱市成長，在 1922 年成為公設市場，並且搬移到現在的位置大新洞，目前有超過 4000 多間店家，約 2 萬名商人。它是全國最大規模的綢緞、棉麻布等布料交易市場，原因在於大邱為韓國紡織產業的中心。從朴正熙總統時期的 60 年代開始，紡織產業成為國家培育的策略產業，此後，以大邱為中心的龜尾、倭館開始有無數紡織相關產業工廠進駐，因此，西門市場販售的產品中，幾乎有一半是和重要品項——紡織相關的產品。西門市場不僅發展為全國最大的棉麻布批發市場，隨著慶尚道重點輕工業工廠的產量增加，西門市場也成為全國第一的市場。

서문시장하면 국수 골목이 유명한데 골목 안에 300 여 개의 국수 가게가 입점해 있다 . 다른 시장에서도 먹어볼 수 있는 잔치국수 , 칼국수 , 비빔국수 , 수제비 등은 기본이며 , 그중에서 제일 유명한 것은 바로 '누른국수' 이다 . 이 국수는 경상도식 칼국수를 말하는데 채수에 면과 애호박 , 배추를 넣고 끓인 다음 김가루나 지단을 올린 것이다 . 국수에는 꼭 보리밥이 같이 나오는데 쌀쌀한 날씨에 누른국수를 먹은 다음 국물에 보리밥을 말아서 먹어 보면 얼었던 몸과 마음이 따뜻해지는 것을 느낄 수 있다 .

그리고 서문시장은 드라마 < 김비서가 왜 그럴까 > 에서 박서준과 박민영이 심야 데이트를 즐긴 곳으로도 유명한데 , 배경이 된 서문시장의 야시장은 최근 2016 년 6 월에 문을 열었다 . 매일 저녁 먹거리 , 볼거리 , 즐길거리를 체험할 수 있는 문화 공간으로 총 350 미터의 거리에 80 여 개의 가게가 줄지어 있다 . 코로나 여파로 한때 영업에 제한이 있었지만 2022 년 3 월부터 다시 영업을 하고 있다 . 하지만 현재 시장재단 방침에 따르면 동절기에는 휴장을 한다고 하니 겨울에 여행을 간다면 참고하도록 하자 . (2022 년 11 월 20 일자 소식)

〈런닝맨〉도 2016 년에 서문시장에서 촬영을 했었는데 그때 당시 엑소의 디오와 조정석이 출연을 해서 < 브로맨스 전쟁 > 이라는 주제로 게임도 하고 맛있는 음식도 먹었다 . 그리고 대구에는 서문야시장만 있는 것이 아니라 칠성야시장도 있으니 한국의 포장마차 문화를 체험하고 싶다면 꼭 한번 들러서 맛있는 수제 맥주나 소주에 각종 안주를 곁들여서 먹어 보는 것은 어떨까 ?

單字

쌀쌀하다 : 涼颼颼、頗有寒意
말다 : 泡
심야 (深夜) : 深夜
체험 (體驗) 하다 : 體驗
줄짓다 : 排列、接二連三
여파 (餘波) : 影響
들르다 : 順便去某處
수제 (手製) : 手工
곁들이다 : 配著、伴著

西門市場的麵條街很有名，巷弄內有 300 多間麵店進駐。其他市場也能品嘗的宴會麵、刀削麵、拌麵、麵疙瘩等皆備，其中最有名的正是「黃麵條」。這種麵指的是慶尚道的刀削麵，加入蔬菜、麵條、小南瓜、白菜煮過，再放上海苔粉或雞蛋。麵條一定會和大麥飯一起出現，涼涼的天氣裡先品嘗黃麵條，再把大麥飯泡進湯裡吃，能讓冰冷的身心溫暖起來。

另外，西門市場也是電視劇《金秘書為何那樣》中，朴敘俊和朴敏英深夜約會的場所，因此十分知名。其拍攝背景為西門市場的夜市，於 2016 年 6 月開始營業。這裡是個每晚都能享受美食、逛街、享樂的文化空間，共 350 公尺的街道，排列著 80 多間店鋪。因為新冠肺炎的關係，營業一度受限，不過 2022 年 3 月又重新開始營業。然而，根據目前的市場財團方針，市場冬季會休息，若是冬季前往旅行，可以先行參考。（2022 年 11 月 20 日消息）

《Running Man》也於 2016 年時到西門市場拍攝，當時由 EXO 的 D.O. 和曺政奭出演，主題為「兄弟情戰爭」，玩了遊戲也品嘗了美食。此外，大邱並非僅有西門夜市，也有七星夜市，所以如果想體驗韓國的路邊攤文化，不妨前往品嘗美味的手工啤酒或燒酒，搭配各式下酒菜吧！

12 전주 남부시장
全州南部市場

市場簡介  43

전주란 이름을 들으면 뭐가 생각나세요 ? 전주비빔밥 , 전주 한옥마을을 대부분 떠올리겠지만 사실 전주의 남부시장이야말로 예전부터 유명한 시장으로 전북에서 가장 대표적인 전통시장이라고 한다 . 전주 부성 밖에 형성되었던 장인 '남문밖장' 에서 유래하였으며 , 예전부터 "남부시장에 들르지 않고는 결혼을 못 한다 ." 라는 말이 있을 정도로 지역 주민들의 일상과는 떼려야 뗄 수 없는 관계를 맺고 있다 . 한국 지도를 자세히 보면 서쪽 지역인 충청도와 전라도 지역으로 평야가 잘 발달된 것을 볼 수 있다 . 전주는 육로로 한양과 전라도를 연결하고 수로로는 만경강을 통해 서해가 있었기 때문에 시장이 발전하지 않을 수가 없는 지리적 특성이 있다 . 그렇기 때문에 조선시대부터 지금까지 전북 지역 유통의 중심지가 되어 왔다 .

원래는 전주성의 4 개의 문마다 장이 서서 남문장은 2 일에 , 서문장은 7 일 , 북문장은 4 일 , 동문장은 9 일에 장이 섰는데 , 후에 장을 통합하면서부터 1936 년부터 남문시장 이름을 갖게 되었다 . 1980 년대까지 시장은 매우 번영하였으나 2000 년대에 들어서면서 차차 쇠퇴의 길을 걸었다 . 이에 전주에서는 여러 변화를 시도하였다 . 그리고 최근 10 년 동안 또다시 일어서고 있는데 , 그 이유는 근처의 전주한옥마을로 많은 관광객이 유입되기 때문이다 . 800여 개의 점포에서 1200 명 정도의 상인이 터를 잡고 있으며 , 가구 , 주단 , 건어물 , 채소 , 과일 , 잡화 , 약재 등을 구매할 수 있다 . 그리고 2014 년부터는 금요일과 토요일마다 '야시장' 이 열리고 있다 .

單字

부성 : 府城
떼다 : 分開 ; 摘下 ; 去除
평야 (平野) : 平原
육로 (陸路) : 陸路
수로 (水路) : 水路
번영 (繁榮) 하다 : 繁榮、興盛
쇠퇴 (衰退／衰頹) : 衰退、衰亡
터를 잡다 : 扎根、打下基礎

聽到「全州」這個名字，你會想起什麼呢？一般大多會想到全州拌飯和全州韓屋村，但其實全州的南部市場自古以來就是有名的市場，是全北地區最具代表性的傳統市場。全州南部市場源自全州府城外形成的「南門外場」，過去甚至有「沒去過南部市場就無法結婚」的說法，顯示該處和當地居民的日常有著密不可分的關係。仔細觀察韓國地圖，可以發現西側地區的忠清道和全羅道地區，平原相當發達。全州的陸路連接漢陽和全羅道，水路透過萬頃江至西海，擁有發展市場的絕佳地理特性。因此從朝鮮時代至今，全州都是全北地區流通的中心地帶。

原本全州城的四個門皆有市集，南門市集為兩日市集、西門市集為七日市集、北門市集為四日市集，東門市集則為九日市集，後來市集合併，自 1936 年開始以南門市場為名。直到 1980 年代，市場皆十分繁榮，不過 2000 年代後逐漸衰退，此後，全州嘗試了各種改變。直到最近這十年，全州再次崛起，原因是附近的全州韓屋村吸引大量觀光客造訪。市場 800 多間店鋪中，約有 1200 名商人開店，可以購買家具、布料、海鮮乾貨、蔬菜、水果、雜貨與藥材等。此外，自 2014 年開始，每週五、六也開設「夜市」。

전주는 한국에서도 미식의 도시로 유명한 곳이다. 옛날부터 좋은 날씨와 비옥한 농토, 깨끗한 물로 좋은 식재료를 많이 기를 수 있었기 때문이라고 한다. 심지어 어떤 사람들은 "전주는 맥도날드에만 가도 햄버거 맛이 다른 곳과 다르다"는 말을 할 정도이다. 이렇게 맛있는 음식이 많은 전주에는 전주 십미 (十味) 라는 것이 있는데, 전주에서만 맛볼 수 있는 식재료 중에서 열 가지를 꼽은 것이다. 파라시 (음력 8월에 익는 이른 감), 열무, 황포묵, 서초 (西草, 담배), 무, 애호박, 모래무지, 게, 콩나물, 미나리가 그것인데, 이런 좋은 재료로 만든 음식이 별미가 아닐 수가 없다. 특히 십미 중의 하나인 콩나물을 이용해 만든 음식 중 콩나물국밥은 남부시장의 가장 유명한 음식 중 하나이다. 특히 남부시장의 콩나물국밥이 유명한 이유는 조리방식이 달랐기 때문이다. 바로 '토렴' 이라는 방식인데, 밥이나 국수 등에 더운 국물을 그냥 한 번에 붓는 것이 아니라 부었다가 따라내는 과정을 여러 번 하며 데우는 과정을 말한다. 시장음식의 대명사인 콩나물국밥집은 대부분 24 시간 영업을 하며 서민들의 허기를 달래주고 있다.

그리고 이렇게 음식뿐만 아니라 기념품도 구매할 수 있는데, 그 중에 가장 유명한 것이 바로 전주부채이다. 조선시대 때부터 전주는 질 좋은 한지로 유명했다. 심지어 선자청 (扇子廳) 도 전주에 세워져서 선자장 (扇子匠) 들이 이곳에서 최고 수준의 정교함과 세련미를 갖춘 부채를 만들었다. 이 부채는 나전, 칠, 옥공예와 접목하여 외교나 대외무역에도 활용되었다. 지금도 전주부채 문화관에서 부채를 직접 만들어 보거나 한지 공예 등을 체험할 수 있다.

單字

비옥 (肥沃) 하다 : 肥沃
별미 (別味) : 風味、特色食品
정교 (精巧) 함 : 精緻、精美
세련미 (洗煉味) : 成熟感、老練感
접목 (椄木 / 接木) 하다 : 結合、接軌

全州在韓國是以美食知名的都市，自古以來就以好天氣、肥沃的農土和乾淨的水，栽種大量好食材，甚至有人說「去全州麥當勞，會發現漢堡的味道和其它地方不同」。擁有如此多美食的全州，有「全州十味」的說法，即挑選出十種專屬於全州的食材。全州柿（農曆八月熟成的柿子）、小蘿蔔纓、黃色涼粉、西草（菸草）、蘿蔔、小南瓜、鎌柄魚、螃蟹、豆芽菜與水芹菜屬之，用這些好食材製作的料理，無一不是珍味。尤其以十味之一的豆芽菜製作的豆芽菜湯飯，為南部市場最有名的料理之一。特別是南部市場的豆芽菜湯飯有名的原因，在於料理方式不同，這裡使用的方式是「燙熱」，不是一次就將熱水倒入飯和麵等，而是透過反覆倒入的過程加熱。豆芽菜湯飯為市場美食的代名詞，店家大都二十四小時營業，填飽市井小民的胃。

此外，這裡不只有美食，也能購買紀念品，其中最有名的就是全州扇。自朝鮮時代以來，全州就以品質優良的韓紙聞名，甚至「扇子廳」也位在全州，扇子匠人們在此製作擁有最高水準、精緻且技術成熟的扇子。這裡的扇子和螺鈿、漆、玉工藝結合，也能運用於外交和對外貿易。現在前往全州扇文化館，也能體驗自己做扇子與韓紙工藝等。

13 통영 중앙시장
統營中央市場

市場簡介

한국에는 아름다운 항구 도시가 여러 개 있다. 인천, 부산, 목포, 여수, 제주 등 유명한 곳이 많은데 그중에서도 예전부터 '한국의 나폴리'라고 불리던 통영을 빼놓을 수 없다. 통영은 고성 반도 끝에 위치한 육지부와 150 여 개의 섬으로 이루어져 있다. 그렇기 때문에 지금은 바다의 땅이라는 슬로건을 사용하고 있다.

통영이라는 이름은 원래 삼도수군통제영 (三道水軍統治營) 을 줄인 것으로 본래 조선 시대의 해군 본부였다. 그렇기 때문에 통영시는 조선시대의 중요한 '군항 도시'이자 '군사 도시'였다. 한국의 역사상 가장 유명한 장군인 이순신 장군이 바로 이곳의 수군통제사였는데, 통제사의 관리하에 시장이 개설되고 관리되었다고 한다. 왜냐하면 통제영이 있을 당시에 수도인 한양 (지금의 서울) 과 인적 교류뿐만 아니라 물적인 교류도 매우 활발하였기 때문에 매월 2 일과 7 일마다 장이 섰다. 그때부터 지금까지 대략 400 여 년의 역사가 있다.

통영 중앙시장은 두 부분으로 나뉘는데, 해산물과 건어물을 비롯한 다양한 생활용품을 판매하는 중앙시장과, 싱싱한 수산물을 판매하는 가게들과 횟집들이 있는 중앙활어시장이 있다. 이곳에서는 싱싱한 해산물을 저렴하게 구입할 수 있는 장점이 있으며, 가공품인 젓갈 또한 이곳의 명물이다. 다른 곳에서는 볼 수 없는 다양한 젓갈들을 볼 수가 있어서 일부러 젓갈을 사러 오시는 사람들도 있을 정도이다. 일반적으로 먹는 새우젓, 낙지젓, 오징어젓, 명란젓은 물론이고 멍게젓, 창난젓, 호래기 젓갈, 굴무침, 가오리무침, 미더덕 장아찌 등을 맛볼 수 있다.

單字

항구 (港口) : 港口
슬로건 (slogan) : 口號、標語
인적 (人的) : 人的、關於人的
활발 (活潑) 하다 : 活潑、活躍、熱鬧
대략 (大略) : 大略、大概
나뉘다 : 被分成、被分類
싱싱하다 : 新鮮

韓國有許多漂亮的港口都市，仁川、釜山、木浦、麗水、濟州等，有很多知名的地方，其中，從以前就被稱作「韓國的拿坡里」的統營，更是不可不提。統營由固城半島末端陸地和 150 多個島嶼結合而成，因此現在有「海洋之地」之稱。

統營這個名稱原本是「三道水軍統治營」的簡稱，以前是朝鮮時代的海軍本部，因此，統營市在朝鮮時代為重要的「軍港都市」，同時也是「軍事都市」。韓國歷史上最有名的將軍——李舜臣將軍，正是這裡的水軍統帥，在統帥的治理下，開設了市場並管理之。當時因為有統治營，不僅和首都漢陽（現在的首爾）有人流交流，物品交流也十分活躍，因此每月的 2 日和 7 日都有開設市集。時至今日，大約已有 400 多年的歷史。

統營中央市場分為兩個部分，有販售海鮮、乾魚貨和各式生活用品的中央市場，以及販售新鮮水產的店家及生魚片店的中央活魚市場。這裡有能以低廉價格購買到新鮮海產的優點，同時，加工品魚蝦醬也是這裡的特產。在這裡能找到其他地方看不到的各式魚蝦醬，甚至有人特地前來購買。一般的蝦醬、章魚醬、魷魚醬、明太魚子醬等皆備，還能品嚐海鞘醬、腸卵醬、小卷醬、涼拌牡蠣、涼拌魟魚、醃漬海鞘等。

한국에서 먹어 볼 수 있는 이색 김밥 중의 하나가 바로 충무김밥 (밥만 넣어 싼 김밥을 양념한 오징어와 무를 따로 먹는 음식) 인데, 여기서 충무는 이순신의 시호이며, 원래의 충무시와 통영시가 병합되어 1995 년에 통영시가 만들어졌다. 그렇기 때문에 통영은 이순신과 매우 관련이 깊은 도시이다. 이순신 (1545~1598 년) 은 조선시대에 수군을 통솔한 무관으로 일본의 침략에 23 전 전승이라는 전무후무한 기록을 남긴 명장이다. 임진왜란 당시 조선은 기세가 매우 밀렸으나 이순신이 바다를 잘 막은 덕분에 조선은 역사에서 사라지지 않게 되었다. 이순신의 3 대 해전으로는 한산, 명량, 노량 대첩이 있다. 그중 통영시에서는 8 월에 한산대첩 축제를 연다. 당시 해전을 재현하는 것뿐만이 아니라 거북선 노젓기 대회, 음악회, 공연, 불꽃놀이를 즐길 수 있다. 이렇게 이순신이 해상전투를 훌륭히 마칠 수 있었던 것에는 바로 그 지리적 이점을 활용한 것인데, 만약 시각적으로 확인하고 싶다면 관련 드라마나 영화를 보는 것이 좋다. 한국 영화 중 흥행이 가장 잘 된 < 명량 > 과 2022 년에 나온 < 한산 > 모두 관련 영화이다.

한국의 남해안은 다도해라고 불릴 정도로 많은 섬이 존재한다. 통영의 한산도에서부터 시작하여 사천, 남해를 거쳐 전라도의 여수에 이르는 물길을 한려수도라고 하는데 한국의 8 경에 꼽히는 아름다운 바닷길이다. 2008 년에는 통영의 미륵산에 한려수도조망케이블카가 완공되어 미륵산으로 올라가며 한려수도의 아름다운 경치를 감상할 수 있게 되었다.

單字

이색 (異色) : 不同顏色；特別、獨特
병합 (併合) 되다 : 合併
전무후무 (前無後無) 하다 : 空前絕後、前所未有
밀리다 : 堆積、拖欠；不及、比不上
재현 (再現) 하다 : 再現、重現
훌륭히 : 出眾地、優秀地
흥행 (興行) : 上映、上演；票房成功
꼽히다 : 被評為、被譽為
감상 (鑑賞) 하다 : 鑑賞、欣賞

在韓國能品嘗的特色飯捲之一，就是忠武飯捲（紫菜內僅包飯的飯捲，另外搭配醃製過的魷魚和蘿蔔一起吃），這裡的忠武就是李舜臣的諡號，原本的忠武市和統營市合併，1995 創建了統營市，因此，統營是和李舜臣關係十分深厚的都市。李舜臣（1545~1598 年）是朝鮮時代的水軍統帥武官，對抗日本的侵略，留下了 23 戰全勝的空前絕後紀錄，為當時的名將。壬辰倭亂時期，朝鮮的氣勢十分低迷，多虧了李舜臣妥善防守海域，朝鮮才沒有消失在歷史上。李舜臣的三大海戰分別為閑山、鳴梁、露梁大捷，其中，統營市八月會舉辦閑山大捷慶典，不僅會重現當時的海戰，還能享受龜甲船划船大賽、音樂會、表演和煙火。李舜臣能在海上戰鬥告捷，正是利用這裡的地理優勢，如果想要親眼見證，可以觀賞

相關的電視劇或電影。韓國最賣座的電影《鳴梁》和 2022 年上映的《閑山》都是相關的電影。

韓國的南海岸有許多島嶼，稱為多島海也不為過。從統營的閑山島開始，經過泗川、南海到全羅道麗水的水路，又稱為閑麗水道，是被譽為韓國八景的美麗海路。2008 年統營的彌勒山閑麗水道觀景纜車完工，登上彌勒山，即能欣賞閑麗水道的優美景緻。

14 자갈치시장
札嘎其市場

부산은 한국에서 제일가는 항구 도시로 국내 최대의 수산시장인 자갈치시장도 바로 이곳에 있다. 남포동에 있는 자갈치시장은 바로 항구에 인접하여 있어서 신선한 수산물을 바로 바로 공급 받을 수 있는 최적의 장소에 위치해 있다. 물때가 좋을 때 가면 수족관에서야 볼 수 있는 신기한 어류들도 자갈치시장에서는 구경할 수 있다고 한다. 그럼,'자갈치'라는 이름은 어디에서 왔을까? 아주 옛날 이곳에 부두도 생기기 이전에 어부들이 직접 잡아 온 생선을 팔기 위해 자갈밭이 있던 이곳에 자연스럽게 좌판을 깔기 시작했다고 한다. 이 해변가에는 주먹만큼 큰 자갈들이 많아서 자갈치시장이라는 이름이 붙게 되었다. 여기에서 '치'라는 말이 어디에서 왔는지 그것이 모호한데, 언덕을 뜻하는 한자 '峙'에서 왔다는 말도 있고 '자갈이 있는 곳 [處]'에서 치로 발음이 변했다는 설도 있다.

해마다 열리는 자갈치시장 축제의 슬로건은 바로 '오이소, 보이소, 사이소'인데 경상도 어투로 쓴 이 말은 '오세요, 보세요, 사세요'라는 말로 왜인지 표준어로 쓸 때는 그 느낌이 안 산다. 시장에 방문하면 꼭 이 정겨운 부산 사투리를 '자갈치 아지매'한테서 들어 보자. 그럼,'아지매'는 무슨 뜻일까? '아지매' 역시 부산 사투리로 '아줌마'라는 뜻인데, 자갈치시장에는 자갈치 아지매들이 존재한다. 한국전쟁으로 인해 가장을 잃은 여성들이 자갈치시장으로 들어와서 생활을 책임지기 시작하였는데, 이때부터 '자갈치 아지매'라는 이름이 생겨났다고 한다. 지금도 노점을 열고 곰장어, 해삼, 멍게, 고래고기, 미역 등을 파는 아지매들이 있다.

單字

제일 (第一) 가다 : 第一、最佳
인접 (鄰接) 하다 : 相鄰、鄰近
최적 (最適) : 最佳、最合適
부두 (埠頭) : 碼頭
자갈 : 鵝卵石、石頭、小石塊
깔다 : 鋪、墊
언덕 : 坡、山丘
정 (情) 겹다 : 多情、深情
사투리 : 方言
가장 (家長) : 一家之主，通常指家中的男性長者

釜山是韓國第一的港口都市，國內最大的水產市場札嘎其市場就位於此。位在南浦洞的札嘎其市場緊鄰港口，地處絕佳位置，能夠即時供給最新鮮的水產。據說在漲潮時前往札嘎其市場，能欣賞到只有在水族館觀賞得到的新奇魚類。那麼，「札嘎其」這個名稱究竟從何而來的呢？在很久以前，這裡尚未有碼頭，漁夫們為了販賣自己抓到的魚，自然而然在擁有礫石路的這個地方鋪了坐板，而這個海邊有很多拳頭大小的石頭，因此被稱作「札嘎其市場」。這裡的「其」字從何而來並不清楚，有人說是從表示山坡的漢字「峙」而來，也有人說是從「石頭所在之『處』」的發音演變而來。

每年舉辦的札嘎其市場慶典的口號就是「來呀、看呀、買呀」，此為慶尚道說法，不知為何，若使用標準語「請來、請看、請買」就少了那個味道。造訪市場，一定要聽聽「札嘎其 a-ji-mae」充滿感情的釜山口音。那麼，「a-ji-mae」是什麼意思呢？「a-ji-mae」也是釜山的方言，為「大嬸」的意思，札嘎其市場就有著札嘎其大嬸們。因為韓戰而失去家中支柱的女性們，來到札嘎其市場維持生計，據說從這時候開始，就有「札嘎其大嬸」這個名字。現在仍有札嘎其大嬸在做生意，販售海鰻、海蔘、海鞘、鯨魚肉、海帶等。

부산항에는 갈매기가 많다. 부산시의 대표 동물도 바로 이 갈매기인데, 그렇기 때문에 새로 신축한 자갈치시장도 갈매기를 모티브로 하고 있다. 이뿐만이 아니다, 한국 사람이라면 다 아는 노래 중에 '부산 갈매기'가 있는데, 부산 사람들의 애향심을 자극하는 노래이다. 이 때문에 이 곡은 부산을 대표하는 야구팀 롯데 자이언츠 응원곡으로도 쓰인다. 신문지와 비닐봉투를 머리에 쓰고 신나게 응원하는 모습을 보고 싶다면 유튜브에서 한번 검색해서 들어보는 것도 좋다. 그러면 롯데 자이언츠를 응원하는 팬 가운데 연예인은 누가 있을까? 롯데의 골수팬으로 유명한 배우에는 드라마 < 도깨비 > 의 주인공 공유가 있다. 공유의 아버지 공원 씨는 롯데 자이언츠 부산 사무소장을 지냈으며 원래도 야구 선수였다고 한다. 그런 아버지의 영향을 받아 부산 출신인 공유도 자연스럽게 롯데 팬이 되었다고 한다. 그 외에도 배우 조진웅, 개그맨 정형돈, 씨앤블루 보컬 정용화도 유명한 롯데 팬이다. 그리고 드라마 < 응답하라 1997 > 을 본 분들이라면 아마도 주인공들이 부산 출신이라는 걸 알 수가 있을 텐데 여주인공의 아버지의 직업이 바로 이 롯데 자이언츠를 모

델로 한 부산갈매기 프로야구팀 감독이다. 여기에서도 부산갈매기가 빠지지 않는다.

마지막으로 할 갈매기 이야기는 바로 지하철이다. 부산지하철을 타다 보면 안내 방송을 듣게 되는데, 그 중에서도 바다에 가까운 역들이 도착하기 전에는 갈매기와 파도 소리가 나온다. 자갈치역을 포함하여 광안역, 해운대역, 다대포해수욕장역, 다대포항역에서 들을 수 있다.

單字

갈매기 : 海鷗
신축 (新築) 하다 : 新建、新蓋
모티브 (motive) : 主題
자극 (刺戟) 하다 : 刺激
비닐봉투 (vinyl ＋封套) : 塑膠袋
출신 (出身) : 出身、身分
감독 (監督) : 教練、導演

釜山港有許多海鷗，釜山市的代表動物也是海鷗，因此新建的札嘎其市場也以海鷗為主題。不僅如此，有一首韓國家喻戶曉的歌曲〈釜山海鷗〉，是一首刺激釜山人愛鄉心情的歌。因此，這首歌也被作為釜山代表棒球隊──樂天巨人的應援歌曲。如果想看看用報紙和塑膠袋綁頭、興奮應援的場面，不妨到 YouTube 頻道搜尋。那麼，為樂天巨人隊加油的粉絲中，有哪些藝人呢？樂天知名的演員鐵粉，就是電視劇《鬼怪》的主角孔劉，孔劉的爸爸孔源，曾任樂天巨人的釜山事務所所長，過去也曾是棒球選手。受到爸爸的影響，出身釜山的孔劉，自然而然成為樂天的粉絲。除此之外，演員趙震雄、搞笑藝人鄭亨敦、CNBLUE 主唱鄭容和也都是知名的樂天粉絲。另外，如果你看過電視劇《請回答 1997》，應

該知道主角們是釜山出身，女主角爸爸的職業，正是以樂天巨人為原型設計的釜山海鷗棒球隊教練，這裡一樣沒有漏掉釜山海鷗。

最後要講的海鷗故事，就是地鐵。如果搭過釜山的地鐵，應該聽過廣播內容，抵達靠近海邊的站之前，會聽到海鷗和海浪的聲音，包括札嘎其站在內，廣安站、海雲台站、多大浦海水浴場站、多大浦港站都能聽到。

15 국제시장
國際市場

市場簡介  49

영화 < 국제시장 > 을 보셨나요 ? 이 영화는 주인공 '덕수' 가 한국전쟁을 피해 부산으로 오게 되고 아버지의 부재로 가장이 되어 국제시장에서 일하면서 가족들의 생계를 책임지는 이야기이다 . 원래는 선장이 되고 싶었지만 결국에는 독일에서 힘들게 광부 일을 해서 벌어온 돈으로 국제시장에서 가게를 열고 살아간다 , 영화에서 나온 덕수가 연 '꽃분이네' 라는 가게는 현재도 국제시장의 명소이다 . 이렇듯 국제시장은 한국전쟁과 떼려야 뗄 수 없는 역사적 배경이 있는 시장이다 .

부산 국제시장은 원래 일본인이 관리를 하는 시장이었는데 , 후에 2 차 세계대전으로 인해 일본이 전쟁에 패망하자 일본인들이 고국으로 돌아가기 위해 수중에 있던 물건을 급하게 팔기 위해 부평동 공설시장 일대에 모여들었고 , 그때 빈터였던 현재의 부산국제시장 자리는 자연스럽게 시장이 만들어졌다 . 원래도 이것저것을 파는 시장의 형태는 있었지만 한국전쟁으로 남한의 영토가 부산밖에 남아 있지 않았던 시절 부산은 수많은 난민들로 북적이게 되었고 그에 따라 부족하나마 이 지역은 다른 곳에 비해 물자가 유통이 되기 시작하였다 . 부산항을 통해 미군의 구호물자와 밀수품이 들어오게 되어 그 당시에는 '없는 게 없는' 시장으로 이름이 높았다 . 근처의 부평깡통시장은 아직도 외제물품을 취급하는 가게들이 많이 남아 있다 . 국제시장은 예전에는 '도떼기시장' 이라는 이름으로 불리다가 1950 년 5 월 '국제시장' 이란 이름을 갖게 되었다 . 현재는 1500 여 개의 점포가 있으며 주로 가전제품 , 의류 , 직물 , 신발 , 가방 , 문구 및 잡화를 취급하고 있다 .

單字

부재 (不在) : 不在、欠缺
생계 (生計) : 生計
광부 (鑛夫) : 礦工
살아가다 : 生存、度日
패망 (敗亡) 하다 : 敗亡、敗北
고국 (故國) : 祖國
북적이다 : 熙熙攘攘
밀수품 (密輸品) : 走私物品

你看過電影《國際市場》嗎？這部電影講述主角「德洙」因為韓戰，逃亡到釜山，因為爸爸不在家中，他成為了一家之主，並到國際市場工作，肩負家人們的生計。他原本想當船長，結果卻到了德國擔任礦工，後來用辛苦賺到的錢，在國際市場開店維生。電影中，德洙開設的「花粉之家」，現在仍是國際市場的知名景點。因此，國際市場是個和韓戰歷史背景脫離不了關係的市場。

釜山國際市場原本是日本人管理的市場，後來因二次世界大戰日本敗北，日本人為回祖國，聚集在富平洞公設市場一代，急著拋售手中的物品，而當時的空地，也就是現今國際市場的位置，自然而然形成了市場。這裡原本是什麼都賣的市場，但當時因為韓戰，導致南韓的領土只剩下釜山，釜山聚集了無數難民，因此就算仍有不足，但這個地區相較其他地方，物資較為流通。美軍的救護物資和走私物品從釜山港進入，因此當時這個市場以「無所不有」聞名。附近的富平罐頭市場，仍有許多販售國外商品的店家。國際市場過去被稱作「轉售市場」，1950 年 5 月才有「國際市場」這個名稱，目前擁有 1500 多間店家，主要販售家電製品、服飾、紡織品、鞋子、包包、文具和雜貨等。

국제시장에는 60 여 년의 세월을 간직한 먹자골목이 있다 . 비빔당면 , 꼬마김밥 , 씨앗호떡 , 물떡 , 김밥튀김 , 부추전 등 정말 특색있는 길거리 음식을 즐길 수 있다 . 국제시장뿐만 아니라 부산이라는 도시 자체가 한국전쟁 후에 난민들이 살던 도시이기 때문에 수많은 특색 있는 음식이 발달했다 . 냉면을 먹고 싶었던 북한에서 온 난민이 만든 음식이 '밀면' 이고 , 부산하면 유명한 '돼지국밥' 또한 한국전쟁 시절 구하기 힘든 소뼈 대신 돼지의 뼈와 고기 , 내장으로 만든 음식인데 , 이 또한 북한의 가리국밥에서 유래했다고 한다 .

국제 시장 바로 옆에 있는 부평깡통시장도 역시 먹자골목이 있다 . 국제시장에서 도보로 바로 이동해서 맛있는 길거리 음식을 즐길 수 있다 . 안에는 어묵 골목 , 죽집 골목 , 단팥 골목 , 베이킹 골목 , 국밥 골목 , 족발 골목 등 여러 가지 종류의 음식을 팔고 있는데 , 이 중에서 가장 특징이 있는 음식은 바로 어묵이다 . 감히 부산을 상징한다고까지 할 수 있는 부산 어묵은 외국인과 내국인들 모두 꼭 한번은 찾게 되는 음식이다 . 여러 가지 수제 어묵을 맛볼 수 있는데 제일 기본인 사각 어묵뿐만 아니라 현재는 다양한 맛을 즐길 수 있는데 매

운 고추를 넣은 어묵이나 잡채를 넣은 어묵도 있다 .

부산은 한국 최초로 어묵 공장을 만들었고 1960 년도부터 어묵을 파는 가게들이 늘어나기 시작하였다 . 수많은 어묵을 파는 곳 중에 가장 유명한 곳은 바로 삼진어묵이다 . 1953 년에 만들어진 삼진어묵은 3 대에 걸쳐서 이어온 한국에서 가장 오래된 어묵 브랜드인데 , 유명한 만큼 부산뿐만 아니라 한국의 전국 곳곳에 지점이 있다 .

單字

유래 (由來) 하다 : 源於
감 (敢) 히 : 敢於、竟敢
늘어나다 : 增加、擴大
걸치다 : 歷經、歷時
브랜드 (brand) : 品牌、商標
지점 (支店) : 分店

國際市場中，有著 60 多年歷史的小吃街。拌冬粉、小飯捲、堅果糖餅、湯年糕、炸飯捲、韭菜煎餅等，在這裡可以享用各種特色路邊小吃。不僅是國際市場，釜山整個城市都在韓戰後，成為難民居住的都市，所以各種特色料理十分發達。想吃冷麵的北韓難民製作的料理，就是「小麥冷麵」，說到釜山就會想到的知名「豬肉湯飯」，也是因韓戰時期不好取得牛骨，而採用豬骨、肉、內臟製作而成的料理，據說同樣來自北韓的「排骨湯飯」。

國際市場旁邊的富平罐頭市場，同樣有小吃街，從國際市場徒步前往，就能享用美味的街頭小吃。市場內有魚板街、粥店街、豆沙街、烘焙街、湯飯街、豬腳街等，販售各種料理，其中最有特色的食物就是魚板。堪稱釜山代表的釜山魚板，是外國人和韓國人都務必品嘗的料理。這裡可以享用各式手工魚板，除了最基本的方形魚板，現在還有各種口味能品嘗，有加入辣椒的魚板，也有加入雜菜的魚板。

釜山是韓國最早建立魚板工廠的地方，1960 年開始，販售魚板的店家逐漸增加。販售魚板的地方中，最有名的就是三珍魚板。1953 年創立的三珍魚板，歷經三代，是韓國最悠久的魚板品牌，其遠近馳名，不僅在釜山，於韓國各地都有分店。

16 제주 동문시장
濟州東門市場

 市場簡介 🔊 51

제주도는 한국의 남쪽에 있는 화산폭발로 이루어진 섬이다. 한국의 섬 중에서 크고 사람도 많이 사는 제주도의 인구는 70 만 명 정도 된다. 육지와는 상당한 거리가 있는 관계로 제주도에는 제주도만의 문화가 발달하여 있으며, 그에 따라 언어와 음식, 주거방식에 모두 독특한 특징이 있다. 제주도는 아주 옛날에는 독립된 나라였다. 그때 이름은 '탐라국'이라고 불렸고, 고려 시대 때 행정 구역으로 편입이 되었다. 지금은 한국의 곳곳의 공항과 세계 각지에서 하늘길을 통해 많은 관광객들이 오는 유명 관광지가 되었다. 비행기 말고도 항구에서 배를 타고 여행을 오기도 한다. 하지만 육지와 가깝지 않고 기후도 일반적인 한국의 기후인 온대기후와는 달리 아열대기후에 속하기 때문에 한국인들에게도 이국적인 느낌을 갖게 한다. 그래서 편하게 해외여행을 가기 전인 90 년대까지는 많은 신혼부부들이 제주도로 신혼여행을 갔다.

제주도는 큰 섬으로 제주시와 서귀포시가 있는데, 그중 제주시에는 오랜 역사를 지닌 동문재래시장이 있다. 동문재래수산시장과 더불어 제주도의 가장 중요한 시장 중 하나이

다. 1945 년 광복 직후에 만들어졌다고 하는데 당시 제주도의 유일한 상설 시장으로 상업의 중심지였다. 야채, 과일, 수산물, 약초, 곡물, 의류 등이 주거래 상품이며, 그중에서도 신선한 해산물이 가장 인기가 많다. 그리고 최근에는 야시장이 개장하였는데, 11 월부터 4 월까지는 저녁 6 시부터 12 시까지 열고, 5 월부터 10 월까지는 저녁 7 시부터 12 시까지 영업을 한다.

 單字

편입 (編入) 되다 : 編入、進入
가깝다 : 近、接近
기후 (氣候) : 氣候、氣象
이국적 (異國的) : 異國的、異域的
신혼부부 (新婚夫婦) : 新婚夫妻
직후 (直後) : 之後

濟州島是位於韓國南側的火山島。濟州島為韓國島嶼中最大、人口最多的島，人口約有 70 萬人。由於和陸地有段距離，濟州島發展出當地特有的文化，語言、飲食和居住方式皆有其獨有的特色。很久以前，濟州島為獨立的國家，當時的名稱為「耽羅國」，高麗時代被編列為行政區。現在的濟州島和韓國各地的機場、世界各地的航路連通，成為眾多觀光客造訪的知名景點。除了飛機外，也有人在港口搭船前來旅行。不過這裡和陸地距離不近，氣候也不同於韓國普遍的溫帶氣候，為亞熱帶氣候，所以對韓國人來說，也有異國的感覺。因此，在能輕易出國旅行的 1990 年代以前，許多新婚夫妻會到濟洲島蜜月旅行。

濟州島為大島，有濟州市和西歸浦市，其中濟州市有著悠久歷史的東門市場，其與東門水產市場是濟州島最重要的市場之一。東門市場在 1945 年光復後開設，當時為濟州島唯一的常設市場，因此是商業的中心地帶。主要交易商品為蔬菜、水果、水產、藥草、穀物、服飾等，其中以新鮮的海產最受歡迎。此外，最近開設了夜市，11 月到 4 月為晚上 6 點到 12 點營業，5 月到 10 月為晚上 7 點到 12 點營業。

동문시장의 과일가게는 주황빛으로 물들어 있다. 다른 시장과는 다른 것이 동문시장은 일 년 내내 귤을 팔고 있다. 제주도에서 생산되는 여러 종류의 품종의 귤들을 다 맛볼 수가 있다. 만약에 동문시장에 귤이 없다면 그건 정말 팥소 빠진 찐빵과 다름이 없다고 말할 수 있을 정도이다. 게다가 귤뿐만 아니라 직접 귤을 키워 먹을 수 있는 귤 묘목도 팔고 있다.

귤은 삼국시대 때부터 재배되었다는 기록이 있다. 최초의 기록 역시 백제 시대 때 탐라국에서 공물을 받았다는 것인데, 아주 예전부터 제주도의 귤이 귀한 과일로 여겨졌다는 것을 알 수 있다. 특히 조선시대 때에는 귀한 진상품으로 여겨져서 제주로부터 귤이 올라오면 성균관과 서울의 유생들에게 특별 과거를 보게 하고 귤을 나누어주었다고 한다. 이때 먹은 귤은 중국에서 온 귤로 온주 (溫州) 밀감이었는데 현재 제주도에서 재배되는 품종은 한라봉, 천혜향, 레드향, 황금향 같은 귤로 외래품종과 교배시켜 새롭게 만든 귤이다. 이런 귤들을 만감 (晚柑) 류로 분류한다. 이뿐만이 아니라 같은 품종이라도 어디에서 키웠느냐에 따라 가격도 다르게 판매한다.

이렇게 제주도에서 귤을 매우 중요한 상품 중 하나이다. 그렇기 때문에 제주에서는 귤나무를 가리켜 '대학나무' 라고도 불렀는데 귤 농사로 자식들을 대학까지 가르쳤기 때문이다.

지금은 귤을 그대로 파는 것 이외에도 식품이나 화장품과도 연계해서 판매하고, 직접 귤을 따는 체험도 할 수 있다. 귤 따기 체험을 하고 싶으면 일단 겨울에 제주도로 출발해야 한다. 체험농장별로 프로그램 내용과 비용이 다른데 홈페이지에서 확인 후 사전 예약을 하고 가면 된다.

單字

물들이다 : 使染色、使沾染
품종 (品種) : 品種、種
키우다 : 養、培育
묘목 (苗木) : 樹木幼苗
재배 (栽培) 되다 : 被栽種、被栽培
가리키다 : 意指、指稱
가르치다 : 教育、養育

東門市場的水果攤，渲染著橘黃色。這裡和其他市場不同之處，就是東門市場一年四季都販售橘子，這裡可以品嘗濟州島生產的各品種橘子。如果東門市場沒有橘子，那就如同豆沙包沒有紅豆餡般，簡直是不可思議的事情。此外，不僅有橘子，這裡還有販售能自己種橘子吃的橘子樹苗。

有紀錄記載，從三國時代開始栽培橘子，最初的紀錄為百濟時代耽羅國得到的供品，由此可知，從很久以前開始，濟州島的橘子就被認為是珍貴的水果。尤其朝鮮時代時，橘子被認為是珍貴的進貢品，因此若有濟州島的橘子北送，還會針對成均館和首爾的儒生們舉辦特別科舉，用以分食橘子。當時吃的橘子是由中國來的橘子——溫州蜜柑，現在濟州島栽培的品種是漢拏峰、天惠香、橘紅香、黃金香，是與外來品種交配而成的新品種橘子，這樣的橘子被分類為晚柑類。不僅如此，即使是相同品種，根據種植地區不同，販售的價格也不同。由此可知，濟州島的橘子是非常重要的商品之一，因此，濟州又稱橘子樹為「大學樹」，因為他們能靠種橘子的錢，讓孩子一路讀到大學。

現在的橘子除了直接販賣，也和其他食品或化妝品一起銷售，也能親自體驗摘橘子。如果想要體驗摘橘子，首先要在冬天時前往濟州島。各體驗農場的活動內容和費用不同，先到網站上確認並事先預約，即可前往。

생활

Life

04

2018년 9월 28일

韓國傳統市場背後還有哪些小故事？跟台灣又有什麼不同？皆能在本章節一探究竟。

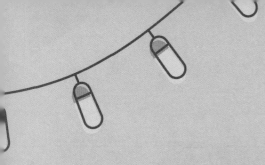

淺談台韓傳統市場
之異同

撰文者 —————— Blue

城市文化的場域象徵：傳統市場

有人說，要了解一個城市，就必得造訪當地傳統市場，因為其中販售的不只是生鮮飲食、日常必需品，也包含許多歷史與文化，例如蘊藏豐富韓國文化特色的傳統市場：南大門市場、廣藏市場等，不僅吸引影視製作團隊前往拍攝節目，也是台灣旅客訪韓時不會錯過的觀光熱點。就讓我們一起走進錯綜複雜的韓國傳統市場，來看看台韓兩地有哪些異同之處吧。

가자！搭上時光機，尋找韓國市場的祕密

朝鮮半島最初的攤販集會，可追溯到新羅王朝（約西元 490 年），當時首都慶州就已出現為了祭祀而形成的市集，庶民們藉著這個臨時性場域，將農村與城鎮連結了起來。韓國的市場發展史之初，有個特殊的集市活動——五日市集，被視為固定式市場的前身，因當時各地區物資需求與人潮甚少，營業時間並不固定，有三日、五日、十日等不同天數的流動市集，而後，雖大多數都被永久性市場取代，但在河南、順天，抱川和濟州島等地，尚保留著相似性質的傳統集市活動，亦成為當地的觀光特色之一。

朝鮮王朝初期，由於皇室貴族們的物資需求，開始出現了시전（市廛），主要的交易區域為鐘路至南大門之間的관설시장（觀雪市場），後來再有南大門附近的칠패시장（七牌市場），也就是現今的南大門市場。而廣藏市場的前身，則是位於東大門和宗廟一帶的이현시장（梨峴市場，後變化成東大門市場，再成為廣藏）；正祖李祘於水原華城南門所建設的市集，如今也變成了水原八達門市場、南門市場等共九大區塊的超大型商店聚集地。

似曾相識，卻又充滿文化差異的市場元素

台灣市場使用的紅白袋，以及韓國隨處可見的黑色塑膠袋，可說是台韓購物文化中的一大差異，半透明和全黑色，或許各自透露了民族性的熱情開放與保守合群。而比起殺價打折，攤販阿姨大叔總喜歡用多送東西或去掉零

頭的方式來表達人情味，這點是台韓十分相似之處。再者，台灣初一十五的拜拜或中元節等，和韓國秋夕與春節的祭祀採買，也同樣表現了傳統信仰與市場供給差異的特性。

台韓皆有路邊攤，但為了因應當地氣候狀況，傳統街市飲食型態稍有不同。溫暖又容易降雨的台灣，路邊的露天座位常配有可捲收或撐起的遮雨帆布傘棚，延伸至騎樓下的小吃店面也隨處可見；而韓國特有的包裝馬車，則像是升級版的帳篷路邊攤，即使處於嚴寒氣候也能遮風蔽雪，繼續開張營業。若聚焦於桌面，一杯清涼暢快的台灣啤酒，對比杯身小巧，濃度卻高的韓國燒酒，也代表著不同的民族歷史、社會壓力與情緒。

台韓市場翻新改造比一比

為保留傳統市場，台韓皆進行了市場改建與更新。台灣有更新過的士東市場、大龍市場、碧砂漁港和高雄鹽埕第一市場，以及改建中的南門、東門與環南市場等。而韓國由於都市更新速度較快，市場改建的腳步也比台灣快

了一些，新式市場可分為全棟式和巷弄式兩種，整棟的有南大門市場、鷺梁津市場、釜山札嘎其市場，以及大田市場等；重新翻修街道、加裝遮雨棚並改善環境的商店街式巷弄市場，則有最知名的廣藏市場、京東藥令市場和釜山國際市場、富平罐頭市場等。光首爾市內就有超過 300 個市場（160 多個巷弄式市場與 150 多個全棟市場），從數量上就能看出台韓首都的地域廣幅和人口的巨大差異。

以市場探訪為核心的節目，台灣有公視的「我在市場待了一整天」，韓國最近則有飲食天王白種元主持的「님아 그 시장을 가오（一起去那個市場吧）」，對於各自傳統市場的視角詮釋與解構都非常值得一看。

保留傳統的同時接軌未來

除了環境再升級，台韓亦有為了活絡傳統市場所舉行的活動。台北有傳統市場節、迪化街年貨大街，聯合全台特色市場的台灣世博會等，眾多地方農會也順應消費者購買習慣，建立了電商購物管道，讓民眾不必出門就能買到

各地特產。而首爾市政府，不僅曾在市廳廣場舉行傳統市場博覽會，一次集結推廣眾多城市、自治道的當地名產和特色店舖，更在多年前就開始積極輔導傳統市場商家使用無現金支付技術，並邀請了數個大型企業提供資源共同協助。

在韓國，到處都能刷卡已不是新聞，但營業額較低的小商家，較難負荷額外的手續費成本，玲瑯滿目的行動支付軟體中，有個由首爾市政府推出的 ZeroPay，APP 直接串聯銀行帳戶，拿出手機掃描店家條碼即可付款，無需額外機器支援，大大降低技術門檻，且因有政府機關的補助，商家不必負擔手續費，顧客更能獲得稅金扣除優惠，自 2018 問世後，成功地推廣進許多傳統市場與店家。

回到台灣，相似支付方式除了 LINE Pay，近幾年也出現悠遊付和台灣 Pay 等管道，但在傳統市場的普及程度還有很大的發展空間。另外台灣特有的電子發票手機載具，和韓國人在消費時先以電話號碼或刷卡記錄，再以總額扣除部分所得稅的功能上，面向雖不同，卻是異曲同工。另外，近年的農遊券、地方創生券和熊好券，也是科技銜接傳統的進展，這與韓國的온누리（Onnuri）市場禮券是類似的存在，在無現金交易的層面上，台韓皆往同樣的目標持續發展中。

結語

無論是台灣或韓國，傳統市場皆猶如一面反映在地文化的無形之鏡，外在環境隨著時代變遷不斷變化，卻又不著痕跡地，將歷史與庶民生活的集體記憶保留下來。從農村與城市的交會點，成為了非正式的文化空間，即便現今大型連鎖超市林立，傳統市場所乘載的情感與溫度，卻是怎麼樣都無可取代。

下回造訪韓國時，別忘記安排一趟傳統市場之旅，體會絢爛的韓國文化與氛圍。

撰文者簡介 | Blue Chiou

非主流旅遊部落客，文學院出身，喜歡任何不存於現實世界的東西。
合法台韓 Husbands，熱衷於觀察韓國文化元素、台韓社會現象差異，探索與撰寫主流媒體之外，台人所不熟悉的韓國；同時亦為易經占卜師，專頁：登機證的自白。

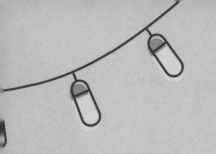

「韓國餐飲界 No.1」白種元，
改造沒落市場成全韓爆紅景點

撰文者 ———— 聖依

全韓無人不知的餐飲界巨頭 ——韓國廚神「白種元」

走在韓國街頭，會在許多餐廳招牌上看到一個親切微笑的圓潤大叔，有些是照片，有些是 Q 版畫像。他，就是改變韓國餐飲市場、成功將韓食文化推廣到國際的韓國廚神——白種元。白種元經營香港飯店、Paik's Coffee、韓信大排檔、新村食堂等近 30 家知名品牌，近來也將事業版圖拓展到台灣，出色的經營成果，令大眾暱稱他為「做料理的 CEO」。

「巷弄食堂的經營之神」拯救無數困境餐廳

2015 年，白種元出演綜藝節目《My Little Television》，透過這部講述亞洲各國味覺旅行的紀錄片，在觀眾面前建立起鮮明形象，後來陸續出演《家常飯白老師》、《白種元的三大天王》等節目，深受大眾喜愛。而《白種元的巷弄食堂》這個節目，主旨是為陷入困境的巷弄餐廳提供專業解決方案，經由改造菜單、重新裝修等過程，白種元展現專業實力，成功

拯救眾多無名餐廳，也因此，他的地位漸漸從餐飲專家，轉型為展現社會責任的企業家。

協助振興故鄉發展，禮山一個月湧入十萬人

白種元的名字，還時常出現在近期地方選舉中，候選人會祭出「請白種元來振興地方」的政見。事實上，2023 年 1 月，白種元確實在自己的故鄉「禮山」推行了「區域市場振興計畫」，在他的 YouTube 頻道上，能看到市場改變過程，從規劃、繪圖、裝修、指揮施工、商店器具設置到菜單開發，都由他親自領導，終於，禮山市場煥然一新，成了韓國社交媒體和 YouTube 上最受關注的熱點，短短一個月內，就有十萬人湧入當地朝聖。

打造懷舊風市場，五大亮點攤位吸引人潮

禮山市場創立於 1981 年，後來嚴重衰退，商店從 110 家縮減到 50 家，每天只剩二十幾人購物，讓苦撐的商家萌生放棄念頭，白種元知曉其困境後，勸說地方改善原有建築，重新

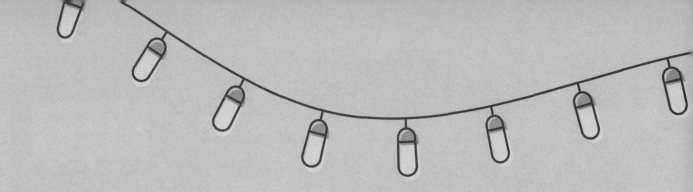

撰文者簡介｜聖依・踏上韓國旅夢

世新大學新聞系畢，韓國延世大學國際學碩士畢
在不能孤單的韓國中享受孤單，在無法自由的韓國中找尋自由

修繕破舊招牌，市場上方建起鐵造屋頂，裝上黃色燈泡，營造溫馨氛圍。大幅改造市場樣貌同時，白種元也買下五個攤位，親自設計並經營不同風格店鋪，大受歡迎。

第一家是燒烤店，主打禮山蘋果醬烤雞肉，軟嫩可口。其次是傳統市場不可或缺的豬肉舖，販售後腿肉、五花肉及橫隔膜等特殊部位，提供多元選擇。再來是麵店，推出鰻魚口味麵條，還有特製蔥油醬料乾拌麵，成為到訪必吃名店之一。接著是韓國代表美食——炸雞，加入尖椒（꽈리고추）的新口味，讓許多人感到新奇。最後是「불판빌려주는집（暫譯：借烤盤的家）」，提供出租烤盤服務，客人在市場自由選購食材後，可直接料理品嘗，同時供應酒水飲料，讓喜愛小酌的客人享受一趟盡興的美食巡禮。

除了自營五家店面外，白種元也幫助改造六家原有商店，讓店家煥然一新，未來還計畫再開五家新店，供應炸物、點心、比薩和煎餅等等。

人潮暴增 250 倍，地方政府也全力支援

如今，禮山市場改頭換面，每日到訪人數平均 5000 人，比以往增加 250 倍，假日期間，九成遊客皆來自外地，無庸置疑，振興計畫成功解救瀕臨人口滅絕的小鎮。當地政府也配合推出「禮山巴士之旅」，遊客能輕鬆遊覽各景點、歷史遺跡和文化遺產，擴大計畫效應。

「太成功」而短暫休市，改善是為了走得更長遠

然而，振興計畫成功，卻衍生出許多新問題，諸如停車位不足、營業時間過長、住宿費用漲價等等。因此，白種元在 3 月下旬宣布暫時休市，進一步調整改造，預計 4 月重新開放。畢竟，傳統市場有許多不足之處，不能和投資數千億的大型購物中心相比，白種元與許多專家也認為，為幫助地方長期發展，經歷陣痛期，也是必然。

白種元表示，他不只是振興市場，更著眼「企業振興地方的可能性」和「拯救地方旅遊資源的重要性」。振興市場是契機，是展現地方特色的「工具」，期望未來韓國各地發展，都能從禮山經驗中找到方法與啟示。

韓國素食者這樣吃！
你不知道的韓國傳統
市場素食小吃

撰文者 ————— Vivi（여연）

　　根據韓國《健康朝鮮新聞》（헬스조선뉴스）在 2022 年 6 月 6 日發表的〈為什麼吃素呢？韓國 10 名素食者中，有 7 人都是因為「這個原因」〉報導中提到，韓國素食／蔬食主義者，每 10 人中，有 7 人是因為「吃素食是健康的」和「可以保護動物」所以選擇吃素，甚至，有一半的成年素食／蔬食主義者，是執行最嚴格的純素食／蔬食主義者（Vegan）。

　　該報導是由韓國梨花女子大學食品營養系曹美淑（조미숙）教授所帶領的研究團隊，在 2020 年 5 月，以韓國國內 235 名 20 歲至 59 歲的素食／蔬食主義者為對象，進行問卷調查之結果。此次問卷調查中，韓國國內素食／蔬食主義者中，占比最大的是純素食／純蔬食主義者（Vegan），為 50.6%（124 名），其次是吃海鮮素食的素食者，占比為 15.1%，接者是蛋奶素食者，占比為 9.8%。

　　韓國的飲食文化特性，經常使用肉類燉湯，或添加魚露、蝦醬調味，日常飲食中，想要做到完全素食或純植物性蔬食，並不容易。韓國素食者及蔬食者到傳統市場，除了新鮮的蔬菜和水果之外，還有哪些選擇呢？

撰文者簡介｜Vivi（홍여연）
「世界素食日」出生、天秤座・A型素食者。

「Vegecheck 」品牌網站及 IG 經營者「素食寫作人日常」
（채식주의자의 일상 생활）部落格作者、科技業測試工程
師、中英、中韓互譯專業譯者。長期關注最新韓國蔬食新
聞與訊息，希望透過「蔬食料理」、「翻譯」及「書寫」，
與讀者們互相分享及傳遞情感。希望未來能在台灣開一間
很可愛的素食韓式飯捲店。

類似台灣傳統市場，在韓國，也會看到小攤販賣熱呼呼的「水煮玉米」、「烤番薯」、「烤栗子」、「蒸栗子」，這四種韓國街頭小吃都是純素可食，食材天然健康又養生。另外，韓國傳統市場常見的「現烤海苔」，通常都是塗上些許芝麻油及撒上一點鹽巴調味，也是韓國素食者／蔬食者很喜歡的零嘴，配上白飯或者單吃都很適合。

此外，韓國是「米食文化」非常發達的國家，凡是由「米」做成的各式食品及點心，例如藥飯（약밥）、糯米糕（인절미）、白米蒸糕（백설기）、高粱紅豆糕（수수팥떡）、五色松糕（오색송편）、彩虹糕（무지개떡）、鳳釵糕（봉채떡）、甜年糕（달떡）、太陽糕（해떡）、黃米糕（기미떡）、切片糕（절편）、糯米麵甜油糕（화전주악）、祈祝蒸糕（기주증편）、糯米千層糕（찰깨끼）、麻糬（찹쌀떡）等等，都是純植物性材料製作，無論是素食者或蔬食者皆可享用。

除了糯米類的甜點之外，韓國糖餅（호떡）、鯛魚燒（붕어빵）、雞蛋糕（델리만쥬）、核桃果子（호두과자）等小甜點，糖餅為純素可食，其他為蛋奶素食者可食用的甜品。

想在韓國傳統市場，吃一點「鹹素食」的話，可以選擇韓式拌飯、紫菜飯捲、韓式辣拌麵、豆漿冷麵、橡子涼糕、馬鈴薯煎餅、韓式韭菜煎餅、韓式蔥煎餅及蔬菜類炸物，不過，需要詢問店家是否為使用純植物性材料及佐料製作，以及要求店家不放肉類或海鮮等食材。另外，部分韓國市場販賣的粥品，例如紅豆粥、黃豆粥、南瓜粥等鹹粥品，大部分也是純素可食。

韓國素食者在公司或朋友聚餐時，多半感到不少困擾，因為韓國一般餐廳較少提供素食或蔬食選項。公司或學校供餐，大多也沒有素食或蔬食餐點，這是目前韓國素食者在日常生活中面臨的最大難題。

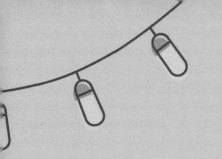

韓國的巡迴市集──
「定期市場」

撰文者 ———— 何撒娜

　　大家想到韓國傳統市場時，腦海中浮現出來的，大概會是像廣藏市場或南大門市場等有名的市場。這些有名的市場屬於常設市場，也就是有固定場地、幾乎天天開門營業的市場。然而，韓國還有一種重要的傳統市場，稱之為「定期市場」（정기시장），有點類似我們的巡迴市集概念。

歷史悠久的定期市場

　　定期市場又可分為每三天營業一次的「三日場」（3일장）、每五天營業一次的「五日場」（5일장）、以及每七天營業一次的「七日場」（7일장）等。這些市集設立目的，是讓當地農漁民與手工業生產者們，能直接在市集上交換或販賣他們的產品，同時也是社會中不同地域的人們互相交流、互通物資有無、進行經濟生產與文化娛樂等活動的重要場合。想想生活在台灣的我們，小時候被帶去逛夜市時的興奮心情，應該不難理解這些定期巡迴市場在早期農業社會的重要性。

　　這些定期市場存在歷史悠久，從 15 世紀後半開始，在首爾與其他區域就開始見到這類定期市集，17 世紀初時，全國各地已經普遍出現這類市集。朝鮮時代後期的史料《萬機要覽（만기요람）》中，就記載了 19 世紀初期朝鮮八道共有 1061 個定期市場。定期市場大部分是五日場，其他也有三日場、七日場與十日場等，以慶尚道分布最多。因為五日場的形式最為常見，所以很多人將這類定期市場通稱為「五日場」，有人也因為要與現代化市場進行區隔，而稱這類巡迴市集為「民俗場」。

定期市場的衰退

　　定期市場本來是農村社會裡重要的經濟、社交與文化交流場合，1970 年代之後，因為現代化的發展，定期市場開始喪失其重要性。交通發達、農村人口減少、農產品物流系統現代化、常設市場以及大型賣場的出現，以及當代電商網購越來越發達等，都是導致定期市場快速減少的因素。根據 2006 年的統計資料，全國只剩下 522 個定期市場，主要分布在慶尚南北道和全羅南道，一些人口外流、都市化程度相對少的區域。

　　定期市場減少帶來的負面影響主要有三。